Impressum:

Imperium der Bonzen

Das erste Buch Magnus

von Peter A. Kettner

Roegelsnap Buch & Hörbuchverlag
www.verlag.roegelsnap.de
Bodenwiesenstraße 16
97852 Schollbrunn / Spessart
Tel.: +49 09394 - 8101
Fax.: +49 09394 - 8510
E-Mail.: service@roegelsnap.de
USt-IdNr.: DE 207311358
copyright ©
Gestaltung & Cover: www.roegelsnap.de
Bearbeitung: Doug van Roegelsnap
Schollbrunn / Spessart den 01 Mai 2019
Roegelsnap Buch & Hörbuch Verlag
ISBN 978-3-86422-547-5
2. Auflage
Personen und Handlung
dieses Buches sind frei erfunden.
Ähnlichkeiten mit lebenden oder toten Personen
sowie existierenden Unternehmen wären
Also rein zufällig.

Magnus wird in eine Welt hineingeboren, in der alles Perfekt geregelt scheint. Als knallharter Soldat der Raumflotte kämpft und tötet er ohne seine Befehle zu hinterfragen. Wer Freund oder Feind ist bestimmen die Herrschenden. Erst als er schwerverletzt, in einem fremden Raumsektor von Wesen gerettet wird, die von der Führung als Feindlich eingestuft wurden, beginnt er seine Meinung zu ändern. Mit neuen Freunden bildet er eine wehrhafte Allianz, gegen Ausbeutung und Unterdrückung. Ihn erwarten gefährliche Abenteuer in einem Universum voller religiöser Fanatiker, machtgeiler Despoten, skrupellosen Sklavenhändlern und gierigen Organhändlern.

Eine ungewöhnliche Schwere lastete wie ein bleierner Sargdeckel auf mir. Verzweifelt versuchte ich meine Augenlider zu bewegen. Doch stählernen Geschützpforten gleich, deren Mechanik vom Rost zerfressen ihre zugedachte Funktion nicht mehr erfüllten, waren sie nicht zu bewegen. Auch Arme und Beine widersetzten sich standhaft meinen Befehlen und degradierten meinen Rumpf zu einem nutzlosen Stück Fleisch, das zum Verfaulen verurteilt war. Trotz meiner hervorragenden Ausbildung zum Raumsoldaten, die so manche grausame Schinderei beinhaltet hatte, war ich nicht auf eine solch unwirkliche Situation vorbereitet. Eine nie gekannte lähmende Angst fraß sich in mich hinein. Sie kam wie ein Ungeziefer aus den untersten Ebenen meines Bewusstseins gekrochen und wollte meine von strenger Logik dominierte Gedankenwelt zerstören. War ich vollständig paralysiert und ein Gefangener in meinem eigenen Körper? Wo befand ich mich überhaupt und was war passiert? Mühsam versuchte ich einige wirre Erinnerungsfetzen zu ordnen. Blitzartig erschienen sie vor meinem geistigen Auge und verschwanden genau so schnell wieder. Ich hätte auch versuchen können Seifenblasen mit einer glühenden Eisenzange zu halten, das Ergebnis - wie könnte es anders sein - wäre das gleiche gewesen. Nichts schien diesen reißenden Mahlstrom aus durcheinander wirbelnden und bruchstückhaften Bildern stoppen zu können. Was passierte nur in dieser grauen Masse, die man allgemein als Gehirn bezeichnete. Wurde ich etwa wahnsinnig? Weilte ich überhaupt noch unter den Lebenden? Wenn ich aber an der Schwelle des Todes stand, wo waren die fünfzig jungfräulichen Engel, die jeden im Kampf gefallenen Krieger sofort in das 10. Paradies der Ewigen Freude geleiteten. Schickte mich stattdessen der düstere Sensemann geradewegs auf eine Reise in das Land des Ewigen Vergessens? Aber wieso quälte der Gestank von verbranntem Kunststoff, vermengt mit angesengtem Fleisch, mein Geruchsorgan? Seit wann können Tote reichen? Übergangslos gewann ich wieder die Kontrolle über meinen Körper zurück. Sofort öffnete ich die Augen. Mit heftigem Blinken meldete sich die medizinische

Kontrolleinheit des Schiffes. Gevatter Tod würde noch eine Weile auf mich warten müssen. Fast automatisch drückte ich die Bestätigungstaste, woraufhin ein transparenter Folienmonitor direkt vor meinem Kopf erschien. Nur einen Augenblick später präsentierte mir das Gerät, in nüchternen Daten meinen aktuellen Gesundheitszustand. Mich traf der Schock. Was ich las bedeutet mein Todesurteil, sollte ich nicht schleunigst in ein Lazarett gelangen. Mit der gnadenlosen Unbarmherzigkeit einer seelenlosen Maschine wurde mir die schreckliche Wahrheit offenbart. Verflucht, warum konnten die Diagnosegeräte nicht lügen? Leichter Schwindel erfasste mich als ich die katastrophalen Zahlen auf der Oberfläche des hauchdünnen Übertragungsmaterials zum zweiten Mal las. Mir blieb nur noch verdammt wenig Zeit. Suchschiffe der Flotte wurden auf dem Ortungsgerät keine angezeigt. Mit erschreckender Klarheit erkannte ich, meine auswegsloser Lage. Eins war jetzt schon sicher - das Schicksal hatte mir einen knallharten Tritt in den Hintern verpasst. Was war geschehen? Erst zögerlich, dann immer schneller, kehrten meine Erinnerungen zurück. Seufzend ließ ich nochmals in Gedanken die letzte viertel Stunde meines Kampfeinsatzes Revue passieren.

Die Schlacht um Suma

Es schien ein Routineeinsatz zu werden – nichts Besonderes für einen erfahrenen, in vielen Einsätzen gestählten Raumsoldaten wie mich. Ich kommandierte einen Verband von zwanzig Einmann-Zerstörern der neusten Bauart. Erst vor wenigen Wochen war unser Trägerschiff Wille zur Macht vollständig mit nagelneuen Nova-Husaren ausgerüstet worden. Das waren hochmodernen Jagdmaschinen aus der Serie A-8000/3, die, nach Aussage des Wartungstechnikers, vergleichbare Modelle anderer Rassen locker in den Schatten stellten. Von einem Profi gesteuert - eine ultimative Vernichtungswaffe. Meine Aufgabe bestand darin, mit meinem Verband den äußeren Verteidigungsring des Planeten Suma auszuschalten, damit unsere Bodentruppen mit der Invasion der Feindwelt beginnen konnten. Wendiger und mit höherer Feuerkraft ausgestattet, als unsere alten Sodom-Jets, stürzten wir uns wie ein Rudel halbverhungerter Wolfssaurier auf die plumpen Kriegsschiffe der verzweifelten Verteidiger. Die dominante Intelligenz in diesem Sonnensystem stammte von Echsen ab – bundgeschuppte Reptilien mit vielen Talenten - nur nicht für das Kriegshandwerk. Bestückt mit beweglichern Zwillingsbug-Kanonen feuerten wir mit hoher Genauigkeit in die ungeschickt manövrierenden Pulks der feindlichen Verbände. Trotz des heldenmütigen Einsatzes ihrer Abfangjäger, die – sehr zu meiner Freude – technisch total veraltet waren, gerieten die Maschinen meiner Staffel nie ernstlich in Gefahr. In unseren Sektor, hatten wir in lächerlich kurzer Zeit, die Abfangjäger der Echsen bis auf wenige Exemplare vernichtet. Ihrer wichtigsten Verteidigungswaffe beraubt, stürzten von schweren Explosionen erschüttert, immer mehr Trägerschiffe der Sumanten auf ihren Heimatstern zurück. Es musste ein schaurig-schöner Anblick für die auf dem Planeten zurückgebliebene Zivilbevölkerung sein, wenn die Weltraumgiganten, einen riesigen Feuerschweif hinter sich herziehend, in der Lufthülle verglühten. Mitleid kannte ich nicht. Wer sich den göttlichen Bonzen widersetzte oder gar heimlich Bündnisse gegen sie schmiedete, musste mit einer harten Bestrafung rechnen. Denn es stand geschrieben: „Wer Böses gegen die Propheten im Schilde führt soll das Feuer der Vergeltung schmecken". Eine Gruppe ungewöhnlicher Raumschiffe, deren Außenhüllen wie pures Gold schimmerten, erregten meine Aufmerksamkeit. Natürlich erkannte ich sofort die Himmelsflotte der Mutter-Königin. Es war anzunehmen, dass sich der gesamte Hoch-Adel von Suma auf den altertümlichen Schiffen aufhielt. Sie durften auf keinem Fall entkommen, da sich dieses Volk auf einem anderen Planeten wieder innerhalb weniger Planetenjahre regenerieren konnte. Die Instruktionen waren eindeutig, dass Volk der Sumanten sollte vollkommen ausgelöscht werden. Ich gab meiner Staffel den Befehl, die Verfolgung aufzunehmen. Der Planet Suma wurde von drei Monden, Erdu, Taran und Monki umkreist. Die goldenen Schiffe steuerten den mittleren Mond Taran an. Der fast erdgroße Planet mit wüstenähnlichem Charakter hatte eine dünne Atmosphäre war schwach besiedelt und wirtschaftlich uninteressant. Es gab dort keine nennenswerte Industrie und nach der Aussage des Militärgeheimdienstes auch keine Verteidigungsanlagen. Rasch näherten wir uns der langsameren Himmelsflotte und hofften auf ein leichtes Spiel mit den schwerfälligen Kähnen. Ein Warnsignal in meinem Cockpit machte mich stutzig. Die Anzeigen der Messgeräte waren eindeutig. Auf Taran wurden mächtige Energiemailer hochgefahren. Seit wann verfügten die bunt geschuppten Echsen über eine solche Technik? Derartige Kraftwerke durften dort überhaupt nicht existieren. Modernste Geschützbatterien fuhren mit erschreckender Schnelligkeit aus ihren Deckungen und richteten Unheil verkündend ihre mächtigen Rohre in unsere Richtung. Diese Monster konnten es auch mit den extrem stark gepanzerten Trägerschiffen aufnehmen. Ich verbiss mir einen Fluch auf den Lippen. Wie ein blutiger Anfänger hatte ich meine Staffel in die gut vorbereitete Falle geführt. Nun bekamen wir wie vorlauten Rotzlöffel ganz gewaltig den Arsch voll. Diesen Fehler würde mir kein Vorgesetzter verzeihen. Instinktiv schlug ich auf die Starttaste des Überlichttriebwerks. Zu spät! Grelles waberndes Licht umfing mich und ich verlor ich das Bewusstsein.

Im Nirgendwo

Nach Angaben meines Zeitmessers waren seitdem acht Stunden vergangen. Ein Energiestrahl aus der Verteidigungsanlage von Taran musste, nur Bruchteile von Sekunden, bevor ich im rettenden Überraum verschwand, meinen Jäger gestreift haben. Auch die hitzebeständige Verkleidung eines Nova-Husaren bot keinen Schutz, wenn Geschütze von der Größe eines Frachtschiffes, ihre sonnenheiße Glut gegen sie schleuderten. Eine Hochenergieleitung war überlastet worden und hatte für einen kurzen Augenblick ihre volle Leistung in die Pilotenkapsel abgegeben. Als Folge davon war mein rechtes Bein bis zur Kniescheibe hin, nur noch ein stinkender Stumpf aus verkohltem Fleisch und verbranntem Kunststoff. Sollte ich gerettet werden, würde ich mich an ein Leben mit einer Beinprothese gewöhnen müssen. Ich hatte es schon lange geahnt – irgendwann würde auch meine Glückssträhne zu Ende sein. Natürlich stellten moderne Prothesen keine körperliche Behinderung mehr dar. Sie waren natürlichen Gliedmaßen täuschend echt nachgebildet und beinhalteten meist einige Zusatzfunktionen, die ihrem Träger gegenüber unversehrt gebliebenen Soldaten sogar zum Vorteil gereichten. Mehr Kraft und zusätzlich eingebaute Waffensysteme in den künstlichen Körperteilen waren nur zwei von den vielen Pluspunkten, die nicht zu verachten waren. Ich hatte von einigen Fällen gehört, dass sich Soldaten ganz bewusst Arme und Beine hatten amputieren lassen, nur um sie durch künstliche Gliedmaßen ersetzen zu lassen. Ausgestattet mit unglaublichen Kräften und waffenstarrenden Prothesen machten sie schnell Karriere als Leibwächter in höheren Kreisen. Ich hatte nicht solche Ambitionen, denn aus irgendwelchen altmodischen Gründen gefielen mir meine Extremitäten so wie sie waren. Dank starker Medikamente, die bei Verletzungen automatisch von der Medizinischen Einheit verabreicht wurden, spürte ich keine Schmerzen. Allerdings litt meine Konzentrationsfähigkeit unter dem Einfluss der Droge. Schwerfällig tippte ich einige astronomische Daten in den Bordcomputer ein. Ich musste unbedingt meinen Standort ermitteln. Nach dem zehnten Suchdurchlauf wurde mein anfänglicher Verdacht zur schrecklichen Gewissheit. Mein spontaner Überlichtflug hatte die Maschine mitten ins Nirwana - in ein unbekanntes Sonnensystem geschleudert. Mein Navigationssystem konnte im Gewimmel der Sterne keinen Anhaltspunkt finden. Zudem hatte mein spontaner Überlichtflug, dass Triebwerk des Jägers ruiniert. Das eigentlich robuste Aggregat war bei dem Kraftakt regelrecht zerrissen worden. Obwohl der Rest des Einmannraumschiffes noch intakt war, konnte ich mit den noch funktionierenden Steuerdüsen keine größeren Entfernungen zurücklegen. Auch eine Notlandung auf einem Planeten mit Sauerstoffatmosphäre würde mir jetzt nicht mehr viel nützen. Aufgrund meiner schweren Verletzung war mir ein baldiger Tod gewiss. Niedergeschlagen aktivierte ich, dem Protokoll gemäß, das Notsignal. Große Hoffnungen, von Suchschiffen der Flotte hier gefunden zu werden, brauchte ich mir nicht zu machen. Die schnellen Kampfverbände hatten ohnehin besseres zu tun, als Unmengen von Energie und Manpower, auf der Suche nach einer vermissten Jagdmaschine zu vergeuden. Natürlich hing auch ich, wie die meisten Menschen am Leben. Doch als gut ausgebildeter Raumsoldat war ich es gewohnt der Realität in die Augen zu schauen. Hier im Nirgendwo zwischen unbekannten Sternen hatte meine militärische Laufbahn ihren Endpunkt erreicht. Verluste gehörten nun mal zu den einkalkulierten Risiken eines Kampfeinsatzes. Als Staffelführer hatte ich mich in ähnlichen Situationen auch immer gegen teuere Rettungsaktionen entschieden. Aber das war nicht meine eigentliche Sorge. An der Peripherie des Riesenreichs gab es eine Plage, die sich bis jetzt erfolgreich der Kontrolle durch die Bonzen entzogen hatte – Piraten. Sie würden keine Gnade kennen, sollen sie mich entdecken und aufbringen. Die Götzendiener mit ihren schnellen Kreuzern überfielen hauptsächlich leichtbewaffnete Versorgungsschiffe der Kriegs- und Handelsflotte. Gegen meinem A-8000/3 hatte sie normalerweise keine Chance. Voll Einsatzfähig war dieser Schwerbewaffnete Jäger viel zu schnell, um ein Opfer der Freibeuter zu werden. Ihre Kapitäne - wenn sie noch alle Sinne beisammen hatten - griffen nie Frachterflotten an, die von Nova-Husaren eskortiert wurden. Doch sollten mich die Piraten jedoch jetzt entdecken, würden sie schnell bemerken, dass ich ein flügellahmer Raubvogel war. Ohne ein Risiko einzugehen brauchten sie nur abzuwarten bis ich in Ohnmacht fiel. Dann die Maschine zu entern, war kein Problem. Auch mit kaputtem Triebwerk war ein Kleinstraumschiff, wie der Nova-Husar eine fette Beute. Die Kiste war voll gepackt mit modernster Technik. Auf dem Schwarzmarkt brachten die teueren Instrumente ein kleines Vermögen ein. Doch augenblicklich war mir die Maschine wirklich Scheißegal. Mich interessierte viel mehr, was mit meinem Körper geschah, sollten mich die Lumpen erwischen. Trotz künstlicher Organe, die hervorragende Arbeit leisteten, gab es einen großen Bedarf an menschlichen Ersatzteilen. Zahlungskräftige Kundschaft, die bereit war horrende Summen hinzublättern, traf man in allen Kliniken des Imperiums an. Aber keiner von denen wollte die Leber oder Niere eines Hungerleiders. Diese Leute wollten exklusives Material. Und wo fand man das...?- im Körper eines Raumsoldaten natürlich. Ein Grund dafür waren die harten Aufnahmebedingungen, im Bezug auf Gesundheit, beim Militär. Bewerber mit Gen-Defekten, Erbkrankheiten oder anderen Leiden hatten keine Chance aufgenommen zu werden. Die Auslese war gnadenlos. Klar, das in den großen Klinik-Konzernen keiner danach fragte woher die menschlichen Ersatzteile kamen. Für Geld, so hatte ich mittlerweile gelernt, taten die Menschen alles, auch Dinge die ich früher für unmöglich gehalten hätte. Bisher war es auch den glorreichen Bonzen auf Terra nicht gelungen diesem Ärger Herr zu werden. Möglicherweise aber – der Gedanke an sich war schon ein Sakrileg – verdienten sie an diesem Geschäft mit. Aber warum quälte ich mich überhaupt mit solchen Gedanken herum. Von meinem Schiff als Mittelpunkt ausgehend befand sich in einem Raumkubus von 10x10x10 Lichtjahren kein weiteres Weltraumgefährt. Daher waren solche Überlegungen ohnehin Irrelevant, was mich allerdings auch nicht glücklicher machte. Wenigstens würde ich einen glanzvollen Abgang haben, denn der A-8000/3 war ein wirklich teuerer Sarg. Automatisch würde nach meinem Tod die Selbstzerstörungsanlage aktiviert werden und eine Menge Geld in einer gigantischen Detonation verpuffen. War das nicht zuviel Ehre für einen bedeutungslosen Diener der Großen Propheten? En grandioses Feuerwerk für einen Niemand. Jetzt wurde ich auch noch Sarkastisch. Ein krächzendes Kichern entrann meiner trockenen Kehle. Für mich gab es nichts mehr zu tun. Wenn ich in wenigen Stunden meinen Ahnen gegenüberstand, konnte ich mich wenigstens mit stolzgeschwellter Brust in ihre Reihen einordnen, so hoffte ich jedenfalls. Hatte ich mich nicht immer an die Regeln gehalten und alles dafür getan ein vorbildlicher Soldat der Sternenflotte zu sein? Die Frage konnte nur mit ja beantwortete werden. Dennoch plagten mich leise Zweifel. Vielleicht war ja das Gerede von der unsterblichen Kriegerseele nur ein psychologischer Trick, um uns Frontkämpfer zu veranlassen Furchtlos in den Tod zu gehen. „Alte Hasen" im Tötungsgeschäft äußerten solche Vermutungen hin und wieder, wenn sie der Alkohol umnebelt hatte. Ich selbst nahm solch' ketzerische Ansichten zwar missbilligend zur Kenntnis, einen Kameraden aber deswegen bei einem Vorgesetzten anzuschwärzen, kam für mich nie in Frage. Warum beschäftigten mich gerade jetzt, so kurz vor meinem Tod, derartige Probleme. Wo war mein kritikloser Glauben an die unfehlbare Weisheit der Propheten? Fast schmerzhaft berührten mich die Erinnerungen an meinen ersten Kampfeinsatz auf einer Randwelt des Imperiums. Blutjung und mit glühendem Eifer kämpfte ich, als Mitglied in einer Spezialeinheit, gegen vermeintliche Gotteslästerer auf Talas-Sieben und verschonte dabei auch nicht das Leben unschuldiger Zivilisten. Perfekt indoktriniert konnte ich damals sogar das Weinen der Kinder und die Schmerzenschreie der Sterbenden problemlos ignorieren. Belohnt wurde ich mit einem vergoldeten Orden. Inzwischen besaß ich eine ganze Sammlung dieser Nutzlosen Blechteile.

Der Rückblick

Mein Leben begann so gewöhnlich wie das vieler anderer Kameraden auch. Geboren vor 38 Jahren, im Geburtenhaus von Stadtfeld 312, erblickte ich das Licht der Welt in einem sterilen Kreissaal, wo man mir nach eingehender Untersuchung, die Lebensberechtigung erteilte. In Nordafrika, wo früher einmal die Wüste Sahara ein blühendes Leben verhinderte, hatten die Bonzen gewaltige Containerstädte erbauen lassen. Eine praktische und nüchterne Bauweise, jedoch ohne jede Ästhetik. Ein Container bot alles was ein Mensch zum Leben brauchte, WC, Dusche, Küche, Schlafraum und ein Arbeitszimmer. Familien bewohnten je nach Größe zwei bis drei Container. Alle Monstersiedlungen waren nach dem gleichen Schema erbaut und Schachbrettartig angelegt. Einzige Ausnahmen bildeten die Gebäude im Mittelpunkt. Dazu gehörten die Verwaltung, die Schulen, das Klinikum, die zentrale Lebensmittelausgabe und eine Station mit bewaffneten Ordnern. Die Einwohner wurden von den Bonzen als Prekariaten bezeichnet. Einordnen, Unterordnen und nicht negativ Auffallen, waren die Voraussetzungen, wollte man hier überleben. Individualität war weder gefragt und noch gewollt. Wenn man wie ich, in einem solchen Gemeinwesen aufgewachsen war, entwickelte man schnell den Wunsch, diesen Hort der Eintönigkeit zu verlassen. Doch nur eine Institution bot einem Jugendlichen die Chance dazu – das Militär. Um beim Militär aufgenommen zu werden, bedurfte es entsprechender schulischer Leistungen. In der Konsequenz hieß das – nur die Besten wurden aufgenommen. Wohlgeordnet und bis ins Detail durchorganisiert bestand der Alltag meiner Kindheit aus Lernen und harten Prüfungen. Schon im Alter von 9 Monaten besuchte ich den staatlichen Kindergarten und mit vier Jahren wurde ich eingeschult. Passte jemand nicht in das System, wurde er gnadenlos aussortiert. Mitleid empfand keiner, denn jeder dachte nur an sein eigenes weiterkommen. Die Disziplin und Lernbereitschaft an den Bildungseinrichtungen war sehr hoch. Ein hohes Lernpensum und eine geringe Freizeit, trugen dazu bei, dass sich die meisten Schüler nur um ihre eigenen Probleme kümmerten. Dass ein solches Umfeld für empfindsame Gemüter nicht ideal war, bewies die hohe Suizidrate. Doch während der Schulzeit bedeutete es lediglich – ein Konkurrent weniger. Ich aber war hart, … härter als viele meiner Mitschüler, der Stolz meiner Eltern und gewillt nur Bestleistungen zu erbringen. Das Ziel war klar definiert, ich wollte mir einen besseren Platz in der Gesellschaft verdienen. Vom Prekariaten, also Untermenschen, zum Vollmenschen aufsteigen. Obwohl wir in der Schule schon hart gedrillt wurden, steigerte sich das ganze beim Militär zum Exzess. Besonders wenn man unbedingt Raumsoldat werden wollte. Doch ich hatte nicht so hart geschuftet, um als einfacher Infanterist vorzeitig ins Grass zu beißen, auch wenn wir unser Leben in den Dienst der Propheten des Allvaters stellten. Meine Erwartungen lagen eine ganze Stufe höher. Ich büffelte mehr als andere und musste zusätzliche Trainingseinheiten absolvieren. Doch die Schinderei lohnte sich. Ich wurde Mitglied eines Spezialkommandos. Meinen ersten Einsatz für die Raumflotte empfand ich als reinsten Spaziergang. Das Töten bereitete mir keine Schwierigkeiten. Ich war eine gnadenlose und perfekt ausgebildete Kampfmaschine, die kein Mitleid mit seinen Gegnern kannte. Unaufhaltsam stieg ich auf. Zuerst befehligte ich einen Zug und dann eine Einheit. Die Einheit wurde zu meiner zweiten Familie. Die Kameraden meine Brüder. Es gab niemanden den wir zu fürchten brauchten, denn wir waren die besten Soldaten des bekannten Universums und besaßen die modernsten Waffen. Die Freizeit verbrachte ich meistens mit meinen Jungs, in speziell dafür eingerichteten Camps. Dort gab es alles was das Herz eines Hartgesottenen Kämpfers erfreute. Ausgefallene Spiele, Alkohol in Strömen und willige Frauen. Doch schon bald langweilte mich dieses Leben und ich beantragte eine Weiterbildung zum Jagdpiloten. Selbstverständlich zeigte ich auch dort nur Bestleistungen und durfte nach dreijähriger Ausbildung meinem ersten Einmann-Zerstörer einen Namen geben. Ich nannte ihn Bonzenfaust. Nachdem ich bei einem Einsatz einem General, dessen Kommandogleiter über Feindgebiet abgestürzt war, das Leben rettete, stieg mein Ansehen auch bei den Vorgesetzten. Die Jahre vergingen und ein Einsatz reihte sich an den anderen. Da ich einen guten Ruf als loyaler Soldat hatte, vertraute man mir bald auch Sonderaufträge des Geheimdienstes an. Schnell entwickelte ich mich zu einem gefragten Spezialisten und wurde an vielen Brennpunkten der Galaxis eingesetzt. Zwangsläufig, mit unzähligen Informationen versorgt, die mir so nie offen gestanden hätten, lernte ich viel über andere Völker und Kulturen und… ich lernte zu hinterfragen. Wie gerne wäre ich in jenen Jahren wieder in den Kokon unschuldiger Naivität der Jugend geschlüpft. Mein Glaube an die Unfehlbarkeit der Höchsten war für mich immer Antrieb und Halt gewesen. Doch je mehr ich wusste, desto stärker nagten Zweifel an meiner Seele. Um nicht in Gewissensnot zu gelangen, begann ich meine gewonnenen Erkenntnisse zu verdrängen. Ich wurde geradezu ein Experte in der Verdrängung. Es war ohnehin nicht möglich war mit einem Kameraden darüber zu sprechen. Doch in einer Welt voller Dummheit macht Wissen einsam – sehr einsam. So wird man zu einem wortkargen Menschen. Wo ich vorher nur Schwarz und Weiß gesehen hatten, war jetzt alles Grau. Doch man brauchte mich und so fiel ich die Karriereleiter unaufhörlich weiter nach oben. Den Rang eines Meistersoldaten erhielt ich schon nach zehn Jahren. Ein gewöhnlicher Waffenträger benötigte dazu zwanzig Jahre, sollte er überhaupt so lange leben. Kurz danach überreichte man mir, in einer feierlichen Zeremonie, die Dokumente, die mich als Vollmenschen auswiesen. Leider erfüllte mich diese Tatsache nicht mit dem Stolz, der dafür angebracht war. Die Dokumente waren eine Voraussetzung, um an ein Offizierspatent zu gelangen, das notwendig war, um für den Geheimdienst unliebsam gewordene Personen zu eliminieren. Einen gegnerischen Soldaten im Kampfeinsatz zu töten war für mich kein Problem. Doch eine Privatperson kaltblütig umzunieten, die es sich gerade mit Goethes Faust auf dem „Stillen Örtchen" gemütlich gemacht hatte, war schon eine andere Geschichte. Um mich von solchen Aufträgen zu erholen, meldete ich mich immer öfter für Kampfeinsätze. Mein Rang erlaubte es mir eine Jägerstaffel zu führen. Im Kreise der Kampfpiloten fühlte ich mich wohl. Sie waren die Kavalleristen des Weltraums und wurden von den einfachen Raumsoldaten bewundert. Es waren aufrichtige und harte Gesellen, die keine persönlichen Fragen stellten und dich so akzeptierten wie du warst. Nach den Einsätzen feierten wir ausschweifende Partys und scherten uns den Teufel um Gott und die Welt. Jetzt allerdings, hatte mir das Glück einen gnadenlosen Streich gespielt. Gevatter Tod näherte sich mir auf leisen Sohlen und zeigte mir den knochigen Mittelfinger. Das war also mein Leben gewesen. Hier saß ich nun, ein Meister des Tötens, mit allen Wassern gewaschen, der trotzdem auf den simpelsten Trick der Kriegsführung hereingefallen war. Selbst Schuld! Mit heißerer Stimme murmelte ich vor mich hin: »Geboren, um für die ruhmreichen Propheten des allmächtigen Allvaters im Kampf zu sterben. »Ha, ha, ha, was für ein Blödsinn, ich lach mich tot.« Meine Augenlider wurden schwer und ich dämmerte langsam in das Land des Vergessens. AylenVor acht Monaten wurde meine Heimatwelt Juwel von Raumlandetruppen der Erde besetzt. Unsere Administration konnte unsere Flotte retten. Seitdem sind wir auf der Flucht und suchen nach Verbündeten. Zehntausend Raumschiffe – eine ungeheuere Anzahl – doch verglichen mit der Kriegsflotte unseres Gegners – ein Nichts. Unsere Sternenkreuzer bieten uns alles was wir zum Leben brauchen und noch einiges mehr. Kein Zerstörer der feindlichen Kriegsflotte kann es in punkto Geschwindigkeit oder Defensivbewaffnung mit einem Elfentraum aufnehmen. Die Schiffe dieser Klasse ähneln riesigen Manta-Rochen mit einer rotgoldenen Außenhaut. Geschütze oder andere Vernichtungswaffen führen wir nicht an Bord, denn wir sind keine auf Krieg eingestellte Rasse. Das Kriegshandwerk überlassen wir anderen Völkern. Juwel war - und wird hoffentlich irgendwann in der Zukunft wieder eine Welt der Denker und Dichter sein. Geistes– und Naturwissenschaften betreiben wir keinesfalls aus Gewinnsucht, sondern aus reiner Freude an der Erkenntnis. Leider mussten wir viele unsere Schwestern und Brüder auf der Heimatwelt zurücklassen, obwohl auf den Schiffen noch Platz gewesen wäre. Sie mussten zurückbleiben, um Juwel vor einer großen Katastrophe zu bewahren. Es sind kluge Leute, die wissen, wie man mit den Besatzungstruppen umzugehen hat. Sorgen bereiten ihnen vielmehr die Banshees ohne Wirtskörper und deren Muttergeister. Wir können nur hoffen, dass sie sich still verhalten. Keiner von uns weiß was sie tun werden, wenn sie sich in ihrer Existenz bedroht fühlen. »Sie würden nichts tun, was der „Allianz der Seelen" schaden würde«, flüsterte mir mein Banshee zu. Ich nannte ihn Doodoo und trug ihn schon seit meinem ersten Lebensjahr. »Das hoffe ich, denn die Bonzen würden sofort unsere Welt terminieren lassen, sollten sie von euch erfahren.« »Dann müssten sie auf die wertvollen Energie-Kristalle verzichten«, meinte Doodoo trotzig. »Das ist doch der Grund, weswegen sie Juwel okkupiert haben.« »Sie fürchten alles, was sie nicht kontrollieren können«, widersprach ich dem Geist. »Niemand kann einem Banshee seinen Willen aufzwingen.« »Und deshalb würden sie uns töten?« »Ja Doodoo, das würden sie.« Unsere Vorfahren besiedelten den Planeten Juwel vor zweitausend Jahren, in der Annahme, dort keine intelligenten Lebensformen vorzufinden. Sie hatten sich getäuscht - es gab eine vernunftbegabte Spezies. Mikroskopischfeines Mineral war das Trägermaterial für eine der seltsamsten Arten der bekannten Galaxis. Über die Atemwege gelangten die friedfertigen aber kindlichen Entitäten in die Körper der Menschen und versuchten auf unbeholfene Weise mit ihnen zu kommunizieren oder einfach nur zu spielen. Siedler verschwanden plötzlich und tauchten hunderte von Kilometern entfernt wieder auf. Andere glaubten zu halluzinieren und hörten ständig Stimmen in ihrem Kopf. Es dauerte eine Weile bis ihre Wissenschaftler herausfanden, mit was man es zu tun hatte. Telepathie und Teleportion waren natürliche Fähigkeiten der einheimischen Intelligenz. Vorsichtig nahm man Kontakt auf. Den geisterhaften Geschöpfen gefiel die Anwesenheit der Menschen. In Verbindung mit den Auswanderern von Terra stand ihnen plötzlich das Universum offen. Auch unsere Ahnen sahen einen großen Vorteil darin, eine Symbiose mit der ungewöhnlichen Art einzugehen, denn nun konnten sie mittels Gedankenkraft eine weite Strecke zurücklegen oder auf geistiger Ebene kommunizieren. Obwohl die Bezeichnung Banshee, das Naturell der verspielten Wesen nicht trifft, hatte sich der anfangs, von Philipp Rousseaus Tochter Sophie, eingeführte Namen bis heute gehalten. Wir waren inzwischen so an die Geistwesen gewöhnt, dass wir uns ein Leben ohne sie nicht mehr vorstellen konnten. »In der Zentrale wurde das SOS-Signal eines Einmann-Zerstörers von Terra aufgefangen«, meldete sich mein Geistwesen. Da alle Banshees in ständigem Kontakt miteinander standen, wurde ich bei Bedarf jederzeit mit den neusten Informationen versorgt. »Das ist merkwürdig«, nuschelte ich nachdenklich. »Soweit außerhalb des Imperiums wurde noch nie ein Kriegsschiff der Bonzen gesichtet.« »Möglicherweise ein Fehler beim berechnen der Zielkoordinaten?« »Das ist nicht sehr wahrscheinlich, Doodoo. Die Bordsysteme ihrer Jäger sind Narrensicher.« »Dann war es vielleicht ein Unfall, Aylen, denn nach unserem Wissensstand besitzt das Kriegsministerium auf der Erde keinerlei Sternenkarten von diesem Bereich der Milchstraße.« Neugierig geworden eilte ich mit langen Schritten in die Zentrale der Lichtgöttin, wo sich auch mein Vater befand. Ich hätte natürlich auch teleportieren können, doch diese Art der Fortbewegung benutzten wir Dualen, so nennen wir uns, nur in den seltensten Fällen, da sie den Geistwesen viel Energie abverlangte. »Ich habe dich schon erwartet«, schallte mir die kräftige Stimme meines Vaters aus der Mitte der Zentrale entgegen. »Deine Neugierde ist nicht zu bremsen.« »Ist es dir lieber, wenn ich vor Langeweile sterbe?, konterte ich keck, während sich mein Gesicht zu einem breiten Grinsen verzog. »Wie kannst du nur so etwas schreckliches von mir denken«, stöhnte er mit gespielten Entsetzten. Wie üblich hatte er die Lacher auf seiner Seite. »Wir haben jetzt ein Bildverbindung«, meldete sich Soren von der Ortung. Über dem Kartentisch entstand in der Mitte des Raums, das dreidimensionale Abbild des Kriegsschiffs. »Das ist ein A-8000/3«, kreischte ich verzückt. »Ein was?«, fragte der Ortungsspezialist. »Ein Nova-Husar, die modernste Jagdmaschine des Imperiums.« Nörgelnd schimpfte mein Vater: »Wieso interessiert sich das Kind nur für solche Mordwerkzeuge?« »Weil die Technik dieser Maschinen so herrlich primitiv ist und man mit richtigen Werkzeugen daran herumbasteln kann«, verteidigte ich mich. »Dann wollen wir uns das Ding mal etwas genauer ansehen«, hörte ich plötzlich meine Mutter sagen. In meiner Aufregung hatte ich ihr Eintreten nicht bemerkt. Würdevoll schritt sie auf den Kartentisch zu. Sie strahlte in einer zeitlosen Eleganz, die ich insgeheim an ihr bewunderte. Ihr Haut glänzende wie Silber, das mit einem goldfarbenen Netzmuster überzogen war. Ihr Bordeauxfarbenes Haar trug sie zu einem kunstvollen Turm hochgesteckt. Dadurch wirkte sie viel größer als sie eigentlich war. Trotz ihres manchmal hochmütigen Charakters liebte sie mein Vater abgöttisch und las ihr jeden Wunsch von den Lippen ab. »Alva, schön das du gekommen bist«, hauchte er gerade. Bei dem schnulzigen Gesülze wurde mir fast übel. »Vielleicht wird ja meine Hilfe benötigt, Tankred«, erwiderte sie huldvoll. Genervt verdrehte ich meine Augen und wollte schon zu einer ätzenden Bemerkung ansetzen, natürlich nur um die beiden am weiteren Süßholzraspeln zu hindern, als Soren aufgeregt meldete: »Der Pilot ist Schwerverletzt, aber noch am Leben!« »Ist er bei Bewusstsein?«, wollte ich wissen. »Nein«, flüsterte der Ortungsspezialist, »seine Lebenszeichen sind sehr schwach. Er wird die nächste Stunde sicher nicht überstehen.« »Es ist also ein Mann.« »Ja.« »Können wir ihn nicht retten?« Vorwurfsvoll blickte mich meine Mutter an und nahm einen tiefen Atemzug. Dann kam das Unheil in Form ihrer hohen und weittragenden Stimme auf mich hernieder. »Bist du verrückt mein Kind. Das sind Mörder! Überall wo sie in der Milchstraße auftauchen hinterlassen sie Tod und Verwüstung. Warum sollten wir unsere medizinischen Kapazitäten an einen Menschen verschwenden, der sicherlich für den Tod tausender unschuldiger Lebewesen verantwortlich ist.« »Weil er uns vielleicht wichtige Informationen liefern kann. Wie du weißt, halten die Erdstreitkräfte unseren Botschafter Erglund auf dem Festungsplaneten Goron gefangen. Wenn wir ihn nicht bald retten wird er sterben und mit ihm sein Muttergeist.« »Da hat Aylen recht«, mischte sich jetzt Boran ein. Er hatte sich zum Ziel gesetzt eine Strategie zu entwickeln, um die Macht des Bonzen-Imperiums zu brechen. »Wenn sein Muttergeist stirbt, werden tausende Banshees ihr Lebenslicht verlieren«, fügte ich hinzu. »Doodoo ist einer von ihnen.« »Ich verstehe dich«, sagte mein Vater verständnisvoll. »Aber ein Imperiumssoldat ist sehr gefährlich – auch ohne Waffen.« »Wir Dualen sind doch den Erd-Menschen körperlich überlegen. Unsere Reflexe sind schneller und wir tragen Geistwesen. Was kann uns da ein einfacher Diener der Bonzen schon antun.« »Du unterschätzt diese Leute gewaltig. Schon als Kinder werden sie brutal gedrillt und einer knallharten Auslese unterzogen. Nur die besten kommen zum Militär. Dort macht man perfekte Krieger aus ihnen.« »Deshalb müssen wir ihm zeigen, dass es auch einen anderen Weg gibt.« »Du verstehst es immer noch nicht, Aylen«, grollte er ungehalten. »Sie sind nicht nur unbarmherzige Soldaten, sondern auch noch religiöse Fanatiker. Das waren zu allen Zeiten die gefährlichsten Spinner. Denen kommt man mit Vernunft nicht bei. Sie töten auf Kommando alles was sich ihnen in den Weg stellt und verschonen dabei auch keine Frauen und Kinder.« Boran, der aufmerksam dem Gespräch folgte, wandte mit leichter Verärgerung ein: »Wenn wir unsere Heimatwelt von den Besatzungstruppen befreien wollen, müssen wir neue Wege gehen. Vielleicht überlebt der Kampfpilot, dann wird es eine große Herausforderung sein, ihn auf unsere Seite zu ziehen.« Er machte eine kurze Pause, um seine Worte wirken zu lassen, dann blickte er Tankred intensiv an und murmelte eindringlich: »Auf Dauer wird es nicht möglich sein, sie nur mit unserer überlegenen Technik zu bekämpfen. Was wir brauchen ist dringend Hilfe von Leuten, die das System von innen kennen.« Mich hatte er jedenfalls vollkommen überzeugt. Neugierig beobachtete ich die Reaktion meines Vaters. »Wie stellst du dir das vor«, ereiferte er sich übellaunig. »Du weißt doch besser als ich, welcher Gehirnwäsche so ein Mensch unterzogen wurde. Da könntest du genauso gut versuchen, einem terranischen Dackel Quantenphysik beizubringen. Dabei wären die Erfolgsaussichten bestimmt größer.« »Lass es mich wenigstens probieren. Aylen kann mir dabei helfen.« Mürrisch kratzte er sich sein rostrotes Haar und drehte seinen Kopf zu mir. Seine Zornglühenden Augen warfen tödliche Blitze. Doch ich hatte genug. Zu oft hatte er mich seinen Predigten in aller Öffentlichkeit ausgesetzt. Mit dem Mut der Verzweifelung setzte ich mein finsterstes Gesicht auf und erwiderte seinen Blick. Diesmal würde ich nicht nachgeben – nein, diesmal nicht. Seine Gesichtsfarbe begann sich zu ändern und nahm stellenweise einen grauen Ton an - ein

Zeichen höchster Erregung für ihn. Jetzt gleich musste das große Donnerwetter beginnen, aber ich war gewappnet. »Tankred, so schlecht ist die Idee gar nicht«, vernahm ich völlig überrascht den Sopran meiner Mutter. »Wir entstammen schließlich einer Kultur von Forschern und Wissenschaftlern. Dieser Herausforderung sollten wir uns stellen.« Vor unserer aller Augen vollzog sich ein kleines Wunder. Scheinbar übergangslos verwandelte er sich vom zornigen Blitzeschleuderer Thor in einen verliebten Schmusebär. »Nun gut«, brummelte er sanft. »Aber wenn der Kerl wieder gesund ist, ordne ich die höchste Sicherheitsstufe an.« »Danke Papa«, hauchte ich und gab ihm einen Kuss auf die Wange. »Meine sechzehnjährige Tochter und der größte Historiker den Juwel jemals hervorgebracht hat, machen gemeinsame Sache«, jammerte er. »Oh unendliches Universum, welch leidvollen Prüfungen willst du mich noch aussetzen.« »Halle A, höchste Sicherheitsstufe«, befahl Boran. Er war neugierig aber nicht leichtsinnig. Ich holte tief Luft und eilte zu dem gesicherten Hangar. Endlich etwas Abwechselung im eintönigen Bordleben. Rechtzeitig erreichte ich den gepanzerten Abschnitt, um mit ansehen zu könne, wie der Einmann-Zerstörer mit einem Zugstrahl an Bord geholt wurde. Das Überlichttriebwerk war in einem irreparablen Zustand. Die Hitzeschilder an der rechten Seite der Maschine waren nur noch als unförmige Klumpen erkennbar. Der Energiestrahl eines Monstergeschützes musste den Jäger gestreift haben. Ein Ärzteteam kümmerte sich um den bewusstlosen Piloten. Er war fast zwei Meter groß und hatte einen muskulösen, durchtrainierten Körper. Sein hageres Gesicht war ganz bleich und durch viele Narben entstellt. In wie vielen Schlachten hatte dieser Mann wohl gekämpft? Mir wurde übel als ich sah, dass sein rechtes Bein bis zum Knie hin völlig verbrannt war. »Könnt' ihr ihn retten«, wollte ich besorgt wissen. »Wir müssen zuerst feststellen welches Medikament ihm von seinem Bordsystem injiziert wurde«, antwortete einer der anwesenden Ärzte. »Wenn es darum geht die Soldaten fit für den Kampfeinsatz zu halten, ist die Kriegsflotte des Imperiums nicht zimperlich mit der Auswahl der Präparate. Der stirbt eher an einer Vergiftung, als an seiner Verwundung.« »Was ist das nur für ein Menschenverachtendes System«, schimpfte ich leidenschaftlich. »Möglicherweise ein System, das sie verdient haben«, brummte ein anderer Mediziner zynisch in seinen Bart. Er war gerade dabei, den Raumanzug des Piloten mit einer Spezialschere aufzuschneiden. »Wie kannst du nur so etwas Gemeines sagen?« »Weil sich auf neunundneunzig Prozent aller Welten, die von Terranern besiedelt wurden, hierarchische Ordnungen etablierten«, sagte er trocken. »Das wäre nicht der Fall, wenn sie ihr Gehirn zum Denken benutzen würden.«Im falschen Paradies Langsam öffnete ich die Augen. Ein helles und warmes Licht umgab mich. Die Luft duftete nach einer Waldwiese im Frühling und fröhliches Vogelgezwitscher kam aus allen Richtungen. Vorsichtig richtete ich mich auf und bemerkte, dass ich in einem aus Holz geschnitztem Bett mit pastellfarbenen Bezügen lag. Das war also das Paradies. Entspannt schaute nach oben. Eine gelbe Sonne lugte hinter bauchigen Wolken hervor und schien mich freundlich anzulächeln. Etwa dreihundert Meter von mir entfernt entdeckte ich die glitzernden Wellen eines kleinen Sees und am Horizont reckten Schneebedeckte Berge ihre mächtigen Gipfel in einen leuchtend blauen Himmel. Dieser Ort war aus Träumen geboren und lud zum Verweilen ein. Doch langsam regte sich mein Misstrauen. Nirgendwo stand die steinerne Ruhmeshalle der gefallenen Krieger. Wo waren meine Ahnen, die mich, gerüstet mit ehernen Harnischen und bewaffnet mit stählernen Schwertern, am goldglänzenden Portal, des göttlichen Bauwerks empfangen sollten. Am meisten jedoch vermisste ich die fünfzig jungfräulichen Engel, die mir mein neues Dasein versüßen sollten. Plötzlich gewahrte ich nicht weit von mir eine Gestalt, die mich zu beobachten schien. Es war eine unglaublich grazile Person mit silberner Haut und hüftlangem weißem Haar. Also hatte ich doch das Tor ohne Wiederkehr durchschritten. Es war bestimmt ein Bote des Allvaters der mich begrüßen sollte. Mit gleitenden Schritten kam das Wesen auf mich zu und ich erkannte, dass es ein Mädchen war. »Wer bist du?«, fragte ich neugierig, aber respektvoll. »Man nennt mich Aylen«, sagte die Engelsgleiche. Sie musste wohl 1,90 Meter groß sein und sah Atemberaubend aus. »Bist du hier, um meiner Seele den Weg zu weisen?« Ein glockenhelles Lachen erklang. Nie zuvor hatte ich so etwas Schönes gehört. »Nein, du weilst noch unter den Lebenden«, hauchte sie und ihre bernsteinfarbenen Augen schenkten mir ein entzückendes Lächeln. »Aber wo bin ich hier?« »An Bord eines Elfentraum. Du befindest dich im Aufwachraum der Klinik.« »Dann bin ich also nicht tot«, folgerte ich und machte einen betrübten Eindruck. Erschrocken fragte mich das höfliche Mädchen: »Wolltest du den sterben?« Leise brummte ich: »Nein, das eigentlich nicht. Allerdings hatte ich hatte auch nicht vor als Krüppel zu enden.« »Ist mit Krüppel ein Mensch gemeint, dem ein Gliedmaß fehlt?« »Ja, so könnte man es sagen.« »Dann kannst du kein Krüppel sein«, kicherte Aylen verschmitzt. Mit einem Ruck zog ich die Decke zur Seite. Sie sprach die Wahrheit. Ich konnte zwei gesunde Beine mein eigen nennen. »Wie habt ihr das gemacht?«»Mit einem Regenerationsbad. Du lagst zwei Monate in einem künstlichen Koma.« »Kann ich aufstehen?« »Dazu bist du noch zu schwach. Deine Muskeln haben sich während deiner langen Heilungsphase abgebaut. Doch mit Hilfe eines Ergotherapeuten können wir das beheben.« »Zu welcher Rasse gehörst du? Ich habe noch nie zuvor welche deiner Art gesehen.« »Ich entstamme dem Volk der Dualen. Mein Heimatplanet heißt Juwel.« »Wäre es möglich, mich auf einem Stützpunkt der Erdstreitkräfte abzuliefern?« Die Frage machte das schmalgliedrige Mädchen sichtlich nervös. »Lass uns das an einem anderen Tag bereden«, murmelt sie mit sichtlichem Unbehagen. »Warum bin ich nur soweit außerhalb des Imperiums gestrandet?«, grummelte ich zornig. Mir gefiel es nicht in den Händen fremder Intelligenzen zu sein. »Das passiert wenn man den Notstart des Lichttriebwerks ohne Zielangabe aktiviert«, erklärte sie mir sachlich. Ich wusste dass es mein Fehler war. Hätte ich den Bordrechner vorher entsprechend programmiert, würde ich jetzt in einem Hospital der Flotte liegen. Aber unsere ganze Erziehung und Ausbildung zielte einzig und allein darauf hin, eine Schlacht nur als Sieger zu verlassen. Das war unsere verdammte Pflicht und Schuldigkeit den Bonzen gegenüber. Wer hätte jemals ahnen können, dass wir gegen einen militärisch unterlegenen Gegner eine solche Schlappe erleiden würden. »In meiner verdammten Überheblichkeit, habe ich wohl auf eine wichtige Sicherheitsvorkehrung verzichtet.« »Das trifft es ziemlich gut«, flüsterte sie mit ihrer weichen Stimme. »Gibt es für mich eine Möglichkeit, irgendwann meine Kameraden wieder zu sehen?« Ihr Blick nahm einen seltsam traurigen Ausdruck an, dann sagte sie ernst: »Du musst zuerst wieder zu Kräften kommen. Über deine Zukunft sprechen wir später.« »Bin etwa euer Gefangener?« Sie begann schallend zu lachen. Eigenartigerweise war dieser Gedanke für sie erheiternd. Glucksend antwortete sie: »Nein, das bestimmt nicht, den wir machen keine Gefangenen.« Ich schaute etwas betroffen drein. Beim Militär hatte es eine andere Bedeutung, wenn der Befehl erging: Es werden keine Gefangenen gemacht. Und dieser Befehl erging häufig. Irgendwie musste ich versuchen dem Kind meine Lage klarzumachen. Was verstand sie schon von der Verantwortung, die man seinen Kameraden gegenüber empfand. Außer bei Besuchen auf der Erde oder bei Spezialeinsätzen, war ich nie längere Zeit von meiner Staffel getrennt gewesen. Doch es gab ein großes Problem. Nach allem was Aylen sagte, waren seit der Schlacht über Suma schon zwei Monate vergangen. Leider erklärten die Vorschriften der Kriegsflotte einen vermissten Soldaten schon nach einem Monat als Tod. Für mich keine guten Aussichten heimzukehren. Die liebliche Stimme der Silberfarbenen unterbrach meine düsteren Gedanken »Gleich kommt Boran, unser Historiker. Er würde sich gerne mit dir unterhalten.« »Dann wird mir wenigstens nicht Langweilig«, sagte ich freundlich zu ihr. Es gehörte bestimmt zu ihrer psychologischen Kriegsführung, ein unschuldiges Mädchen zu benutzen, um mich in Sicherheit zu wiegen. Darauf fiel ich nicht herein. Doch wollte ich zuerst die Lage erkunden und gab mich daher betont friedfertig. Die Dualen wollten etwas von mir, dass sagte mir schon mein Instinkt. »Wenn du möchtest können wir die Umgebung verändern. Wir hätten da noch eine Wüstenlandschaft im Programm oder eine Südseeinsel auf der Erde.« »Wie sieht den der Raum in Wirklichkeit aus.« Sie nickte kurz mit dem Kopf und ein wirklich luxuriöses Krankenzimmer mit allem erdenklichen Komfort wurde sichtbar. Der Raum maß vier mal drei Meter. »Ihr habt mich sicherlich mit jemandem Verwechselt«, vermutete ich, »sonst hättet ihr mich nicht wie einen Staatsgast untergebracht.« Aylen entgegnete daraufhin etwas verwirrt: »So sehen alle unsere Krankenzimmer aus.« »Das kannst du mir nicht erzählen«, brummte ich mit deutlichem Missfallen. »So einen Aufwand betreibt man nicht für einen einfachen Soldaten.« »Immerhin ist dieser einfache Soldat Gefechtsoffizier«, erklang übergangslos die sonore Stimme eines Mannes. Interessiert drehte ich mich zur rechten Seite. Ein würdevoller Mann, gekleidet in einer weiten Robe und fast eine Kopf größer als ich, hatte den Raum betreten. »Das ist Boran«, lachte Aylen erfreut. »Er kann dir alles erklären.« Immer mehr erhärtete sich bei mir der Verdacht, dass man mich nicht nur aus reiner Nächstenliebe gerettet hatte. Die Dualen arbeiteten vielleicht nach der Methode „Zuckerbrot und Peitsche" - sie würden sich an mir die Zähne ausbeißen, denn auch für solche Situationen war ich ausgebildet worden. Doch ich plante das Verhör durch meinen Widerstand schnell zu beenden. Solche Leute pflegten ihre Opfer nur gesund, um sie danach noch grausamer Foltern zu können. Welch perfides Spiel. »Wir sind hier nicht auf foltern eingestellt«, scherzte der Mann tatsächlich. Ich glaubte ihm kein Wort. »Ihr seid eine Rasse von Gedankenlesern?«, vermutete ich. »Nein, deine Gedanken kann ich nicht lesen. Doch dein Gesicht sagte mehr als tausend Worte.« »Dein weißt du auch, dass ich keine Militärgeheimnisse verraten werde.« »Dann behalte sie für dich«, sagte Boran und sein Lächeln wurde für einen kleinen Moment noch breiter. »Er ist wirklich unglaublich stur«, jammerte das Mädchen theatralisch. Borans Gesicht wurde übergangslos ernst. »Deine Rettung hast du der Initiative von Aylen zu verdanken.« »Wenn ihr mich nicht verhören wollt, dann setzt mich bitte auf irgendeiner Raumstation aus, wo ich von der Flotte abgeholt werden kann.« »Für die bist du schon längst tot. Jeder Soldat trägt eine Miniatursprengkapsel aus organischen Stoffen in seinem Kopf, die sich nach maximal vier Wochen auslöst, wenn er sich nicht bei seiner Einheit zurückmeldet.« »Du lügst!«, keifte ich heftig. »Warum sollte ich«, entgegnete er mir seelenruhig. »Ich kann dir die Kapsel gerne zeigen. Unter dem Mikroskop ist sogar noch die eingeätzte Seriennummer erkennbar.« »Dann geht es um den Nova-Husar aus der Serie A-8000/3. Das innovativste und hochwertigste technische Erzeugnis der bekannten Galaxis.« »Das würde ich so nicht behaupten. Für uns Dualen besteht die Maschine aus jeder Menge veralteter Technik.« Ich begann heftig zu transpirieren. Mir wurde übel und mein

Pulsschlag erhöhte sich drastisch. Wie fortgeschritten musste eine Rasse sein, die einen Novar-Husaren als veraltete Technik bezeichnete? Ermattet schloss ich die Augen und hörte noch wie Boran zu Aylen sagte: »Lassen wir ihn jetzt in Ruhe. Für ihn ist das alle nur sehr schwer zu begreifen.«

Stadt im Weltraum

Vor genau zwei Wochen war ich aus dem Koma erwacht, in das mich ein Anästhesist der Dualen aus medizinischen Gründen versetzt hatte. Durch die Hilfe eines Ergotherapeuten und entsprechender Aufbaumittel, war meine Fitness wieder soweit hergestellt, dass ich mich alleine fortbewegen konnte. Mein vorher von Narben übersäter Körper, sah jetzt wie der eines Sonnyboys aus. Aber am meisten überraschte mich mein Gesicht. Im Spiegel strahlte mich ein gut aussehender Mann, mit markanten Zügen und stahlblauen Augen an. So sah ich also wirklich aus. Keine von Verbrennungen und Schnitten entstellte Fratze, bei deren Anblick sich die Soldatenhuren so fürchteten. Aylen war ständig an meiner Seite. Natürlich sollte sie mich auch im Auge behalten. Trotz ihres unglaublich zierlichen Körperbaus, besaß sie ungeahnte Kräfte und hervorragende Reflexe, man durfte das Mädchen auf keinem Fall unterschätzen. Ohne sie hätte ich mich zweifellos in den weitläufigen Gängen der Lichtgöttin verirrt. Das schöne Schiff unterschied sich vollkommen von den stahlgrauen Trägerschiffen des Imperiums, auf denen ich den größten Teil meiner Dienstzeit verbracht hatte. Obgleich zweckmäßig konstruiert, wies es viele Annehmlichkeiten auf. Großzügige Quartiere boten ihren Bewohnern einen für mich geradezu unglaublichen Luxus. Daran gewöhnt mit vielen Menschen, ohne jegliche Privatsphäre, auf engstem Raum zu wohnen, fühlte ich mich nicht selten in den weiträumigen Wohnräumen des Elfentraums verloren. Auch die Dimensionen der Sport und anderer Erholungsräume sprengten meine Vorstellungskraft. Natürlich war ich den endlosen des Weltraum gewohnt und Kriegsschiffe mit gigantischen Ausmaßen. Alleine die Planetenzerstörer, von denen es allerdings nur fünf Stück gab, waren von der Größe des irdischen

Mondes. Aber normale Mannschaften drängten sich immer in engen Kantinen, kleinen Waschräumen und stickigen Schlafräumen. Auch die Hallen für Leibesübungen waren mickrig im Vergleich zu denen auf der Lichtgöttin. Allerdings wusste ich nicht, wie die höheren Dienstgrade der Kriegsflotte residierten. Sie zu betreten, war unter Androhung härtester Strafen verboten. Ein Mensch, der von Kindesbeinen an gewöhnt war, Befehle widerspruchslos auszuführen, wurde schnell von dem Lebensstil der Dualen überfordert. Meine eng begrenzte Freizeit als Soldat verbrachte ich entweder mit Leibesübungen, Lernen oder dem herumhuren mit billigen Schlampen auf entsprechenden Raumstationen der Flotte. Während meiner gesamten Dienstzeit wurden mir nur acht Besuche bei meiner Familie auf der Erde gestattet und diese auch nur für jeweils zwei oder drei Tage. Jetzt hatte ich plötzlich jede Menge Zeit mir Gedanken über mich und mein Leben zu machen. Schnell stellte ich fest, dass die Bewohner von Juwel nicht viel von den Propheten des Allvaters hielten. Wenn sie von der Erde sprachen hörte ich oft die Worte „Sklavenhaltergesellschaft" oder „Kastensystem". Unser Heiliges Buch, so hörten ich sie oft spotten, war angeblich das zweitschlechteste literarische Werk der Milchstraße. In einem an Bord ausliegenden Satiremagazin las ich, dass das phantasielose Geschreibsel angeblich nur von dem Buch „Ganz feuchte Gebiete" übertroffen wurde, deren mediengeile Autorin ihre Publikation überreich mit Ausdrücken aus dem Bereich der Fäkalien gepflastert hatte. Mich trafen solche mit Frotzeleien wie Hammerschläge. Jede Art von wörtlich oder schriftlich geäußerter Kritik an den Bonzen galt als Sakrileg und wurde auf Terra oder Welten wo ihre Angehörigen residierten, grundsätzlich mit dem Tode bestraft. Als untertäniger Diener der Propheten wäre es meine Pflicht gewesen, unter Einsatz meines Lebens, solchen Verleumdungen auf der Stelle zu bestrafen. Aber irgendwo, in den untersten Regionen meines Verstandes, war mein Selbsterhaltungstrieb erwacht. Selbst wenn es mir gelänge, einen Dualen zu töten, was würde es mir bringen? Denn trotz ihrer schlanken Glieder besaßen sie ungeheuere Kräfte und übten sich regelmäßig in ausgefallenen Nahkampftechniken. Sie waren friedliebende Wesen, aber keinesfalls wehrlos. Meist redeten sie offen mit mir, nur wenn es um das Imperium ging, verdüsterten sich ihre Mienen. Irgendetwas musste passiert sein, dass sie ganz gewaltig gegen die Bonzen aufgebracht hatte. Mein Wissen über die politischen Zusammenhänge im Sternenreich der Göttlichen reichte weit über den begrenzten Horizont eines gemeinen Soldaten hinaus. Das konnten meine Gastgeber natürlich nicht ahnen. Stattdessen attestierten sie mir nur ein simples Weltbild, was auch verständlich war. Ich hatte nichts dagegen. Ganz bewusst verheimlichte ich ihnen, meine gesammelten Einblicke in die Abgründe der Politik während meiner Geheimdiensttätigkeiten. Zuerst musste ich mehr über die Dualen erfahren und ihr Verhältnis zum Imperium. Wie ich mich in Zukunft verhalten würde, wusste ich noch nicht. Aber eins war sicher – ich wollte überleben. Schnell hatte ich mich an das gute Essen in der herrlichen Bordkantine gewöhnt, wo ich mich jeden Nachmittag mit Boran traf. Dort wurde ein heißes Getränk serviert, das ursprünglich von der Erde stammte, sich aber auf vielen Welten des Imperiums verbreitet hatte. Sie nannten es Kaffe. Mein Gaumen gewöhnte sich schnell daran. Ich liebte es mit viel Milch und viel Zucker. In der Flotte gab es während der Dienstzeit nur drei Getränke. Wasser, Wasser mit Apfelgeschmack und Wasser mit Orangengeschmack. Eine Ausnahme bildete unsere karge Freizeit. Dann durften sich die Soldaten mit biligem Schnaps besaufen, der aus Kartoffeln gebrannt wurde und intern als Kehlenbrenner bekannt war. Andere, die sich nicht so schnell ins Koma saufen wollten, bevorzugten Bier. Leider gab es nur eine Marke - das „beliebte" Allvater-Bräu. Das gelbliche Gesöff war in Zwei- und Fünfliterkanistern aus Plastik erhältlich und fast immer vorrätig. Ein Staffelkamerad hatte die Pissbrühe einmal spöttisch als „Urin der Götter" bezeichnet und dafür zwei Monate Einzelhaft kassiert. Kurz danach fand man den Denunzianten erhängt in einer Dusche. Hier dagegen gab es Gaumenfreuden, wie ich sie mir nicht in meinen kühnsten Träumen hätte ausmalen können. Alleine der geniale Futtertempel auf der Lichtgöttin wäre ein Grund zum Desertieren gewesen. Aber noch überwog mein anerzogenen Misstrauen und der Eid, den ich gegenüber den Bonzen geschworen hatte. »Hallo Magnus«, grüßte mich Boran der Historiker, »wie ich sehe, sind jetzt die Torten an der Reihe. Nachdem ich in den letzten Tagen die verschiedensten Obstkuchen probiert hatte, standen jetzt Herrentorte und Schwarzwälderkirsch auf meinem Speiseplan. »Ihr habt ein enormes Wissen über Terra, woher kommt das?«, fragte ich ihn kauend. »Wir hatten fast fünfhundert Jahre eine Handelsmission auf der Erde. Im Laufe der Zeit erfährt man da einigen über die Kultur und Sitten des Planeten.« »Wenn ihr mich auf Kuchenentzug setzt, werde ich euch alles verraten«, witzelte ich mit breitem Grinsen. Lachend konterte er: »Nun, diese Befürchtung brauchst du nicht zu haben.« »Du hattest doch gehofft mich auf eure Seite zu ziehen.« »Die Zeit reicht leider nicht dafür«, bekannte er mit leichter Niedergeschlagenheit. »Du bist völlig genesen und es gibt keinen Grund für dich, weiter bei uns zu bleiben.« »Wollt ihr mich jetzt von Bord werfen?«, fragte ich schmunzelnd. »Wir sind keine Unmenschen«, scherzte er. »Übermorgen werden wir in Starcity landen. Du bekommst von uns genügend Geld und eine neue Identität. Damit kannst du dir ein neues Leben aufbauen oder mit einem Passagierschiff ins Imperium zurückkehren.« »Starcity? – ich hätte nie gedacht, dass es diese Stadt gibt. Uns Soldaten wurde erzählt, es gäbe keine Siedlungen im leeren Raum. Es seien Propagandageschichten, um brave Untertanen von den großen Leistungen der Bonzen abzulenken.« »Die Stadt war schon alt, als Cheops in Giseh die große Pyramide erbauen ließ«, erklärte er mir mit leuchtenden Augen. Den Kern bildet eine gewaltige Plattform, die vor Millionen Jahren von einer unbekannten Rasse erbaut wurde. Wann sich die ersten Siedler darauf niederließen weiß keiner so genau. Aber es ist sicher schon einige Jahrzehntausende irdischer Zeitrechnung her. Wir besitzen dort eine große Basis und erforschen die uralte Weltraummetropole mittlerweile seit fünfzig Jahren. Dennoch ist sie nicht einzigartig. Es gibt tausende von ihnen.« »Gibt es noch mehr Hinterlassenschaften älterer Kulturen in der Galaxis?« »Ja, erstaunliche viele.« »Mich interessiert noch eine Frage.« Abwägend wählte ich meine Worte. »Stimmt es, dass dort die unterschiedlichsten Rassen harmonisch miteinander leben? Das hat zumindest Aylen behauptet.« »Mehr oder weniger. Doch das trifft auf fast alle Weltraumstädte zu. In manchen gelten strenge Regeln für das Zusammenleben, andere wiederum sind chaotisch und total verrückt. Starcity ist eine Mischung aus allem. Aber Vorsicht - dort geht es nicht so geordnete zu, wie in einer Containersiedlung auf der Erde.« »Dann herrschen dort Chaos und Anarchie?« »Nein, Starcity hat eine gewählte Regierung und ein halbwegs funktionierendes Rechtssystem.« »Also doch eine strenge Ordnungsmacht.« »Wenn man korrupte und bestechliche Systeme so definiert, dann schon«, lachte er spöttisch. »Du machst dich über mich lustig«, klagte ich gekränkt. »Den Imperiumssoldaten ist es verboten, freie Weltraumstädte zu betreten.« »Das ist verständlich. Man will das Militär vom freien Informationsfluss fernhalten, um es besser kontrollieren zu können.« »Dann sag mir doch bitte, auf was ich alles achten muss?« »Da gibt es so viele Dinge zu beachten, Magnus. Wie in den meisten Weltraumstädten, so existieren auch in Starcity, unterschiedliche Machtgruppen. In dieser uralten Sternenmetropole sitzen ihre Vertreter im Parlament und kontrollieren sich gegenseitig.« »Sollte ich mich einer dieser Gruppen anschließen?« »Nein, so einfach ist das nicht. Doch solange du es dir nicht mit keiner dieser Parteien verscherzt, kannst du in einer solchen Metropole ein ruhiges und beschauliches Leben führen.« »Und was sollte man meiden?« »Geh auf keinem Fall in ein Spielcasino. Sie werben damit, dass man dort unermessliche Reichtümer gewinnen kann, aber in Wirklichkeit leben sie davon, naiven Menschen das Vermögen aus der Tasche zu ziehen.« »Ich war noch nie in einer solchen Einrichtung.« »Davon würde ich dir auch abraten, Magnus. Die Mitarbeiter dieser Spielhöllen sind Profis im Ausnehmen unerfahrener Spieler. Man muss dort aufgewachsen sein oder zumindest eine Zeitlang gelebt haben, um wenigstens ansatzweise ihre Tricks zu kennen.« »Boran, mich quält schon die ganze Zeit eine Frage und ich hoffe das du sie mir beantworten kannst.« »Das weiß ich erst, wenn du mir die Frage gestellt hast.« Ich musste lächeln. Der Historiker war ein freundlicher aber auch ehrlicher Mann. »Warum ist es zwischen Terra und Juwel zum Streit gekommen?« »Du hast also bemerkt, das da etwas nicht stimmt?« »Das ließ sich nicht vermeiden.« »Nun gut, ich versuche es so einfach wie möglich zu erklären. Wie ich dir schon während unseres Gespräches erzählt habe, besaßen wir auf Terra schon seit einem halben Jahrtausend eine Handelsmission.« »Und mit was habt ihr gehandelt?« »Energiekristalle. Wir waren der wichtigste Lieferant des Imperiums.« »Das ist doch das teuerste Mineral des Universums!«, entfuhr es mir. »Ob es im ganzen Universum so teuer und selten ist weiß ich nicht«, äußerte er sich mit trockenem Humor. »Doch in der Milchstraße ist es das wertvollste Mineral. Aber lass mich zu meiner Geschichte zurückkommen.« Entschuldigend nuschelte ich: »Gut, ich werde Zwischenfragen vermeiden« Er nickte kurz und sprach dann weiter: »Vor knapp einem Jahr wurde unser System, ohne Vorwarnung, von den Hornrücken angegriffen. Diese Rasse beherrscht ein kleines Reich, am Rande des äußeren Spiralarms. Sie leben sehr zurückgezogen und vermeiden, wann immer es geht, den Kontakt mit anderen Intelligenzen. Wir versuchten natürlich mit ihnen in Verbindung zu treten, um den Grund des Angriffs zu erfahren. Doch sie reagierten nicht. Im Gegenteil, ihre Angriffe wurden immer heftiger. Anfangs konnten wir sie noch in Schach halten, aber dann nahte der Zeitpunkt, dass sie uns mit ihrer schieren Übermacht überrannt hätten. Schnelle Hilfe konnten wir nur von Terra erwarten. Für den Preis von Hundert faustgroßen Energiekristallen sandten sie uns die 43. und 44. Kriegsflotte. »Hundert faustgroße Energiekristalle!«, schluckte ich erstaunt. »Damit kann man ganze Sonnensysteme kaufen.« »Und noch einiges mehr«, ergänzte Boran. »Ein Stein reicht aus, um damit einen Planetenzerstörer, über mehrere Monate mit Energie zu versorgen und sie können beliebig oft wieder aufgeladen werden.« »Stimmt es, das sie auch als Datenspeicher verwendet werden können?« »Ja, sie haben die wunderbare Eigenschaft Daten auf ewige Zeiten zu behalten.« »Ein hoher Preis, für nur eine Welt.« »Wir waren in einer Zwangslage und das haben die Bonzen ausgenutzt.« »Ich verstehe nicht«, grollte ich leicht angesäuert. »Ihr habt doch den Propheten des Allvaters die Steine angeboten.« »Nein, sie haben diesen Preis verlangt. Die Bonzen des Imperiums verleihen ihre Kriegsflotten an Zahlungskräftige Auftraggeber. »Wenn das stimmen sollte, dann ist alles woran ich geglaubt habe eine Lüge.« »Davon kannst du ausgehen. In der Geschichte der Erde gibt es viele Beispiele dafür.« »Das nehme ich dir nicht ab.« »Dafür habe ich sogar Verständnis. Wenn ich so Aufgewachsen und Erzogen wäre wie du, würde ich auch so denken.« »Du willst mir also allen Ernstes erzählen, die Kriegsflotte der Propheten des Allvaters würden unschuldige Völker mit Krieg überziehen?« »Das ist ihr Geschäft.« »Wieso Geschäft? Es ist die Aufgabe der Kriegsflotte die Feinde des wahren Glaubens zu bekämpfen.« »Das erzählt man euch. Der Planet Suma, den du mit deiner Staffel vor zweieinhalb Monaten angegriffen hast, liegt aber weit außerhalb des Imperiums. Bisher hatten die Sumanten, die vorherrschende Intelligenz des Sonnensystems, nur Handelsbeziehungen mit der Erde. Es gab keinen Grund sie anzugreifen.« »Uns wurde erzählt, sie hätten mit anderen Völkern Bündnisse geschlossen, um das Reich anzugreifen.« Da lachte der Historiker lauthals. »Die Echsenabkömmlinge von Suma sind eine der friedlichsten Rassen die ich kenne. Sie haben bestimmt viele bedeutende Künstler hervorgebracht aber keinen einzigen großen General.« »Und warum hat dann die Kriegsflotte des Imperiums ihr System angegriffen?« »Wegen der wertvollen Rohstoffe von Suma.« »Wegen irgendwelcher Rohstoffe soll ein ganzes Volk ausgelöscht werden. Das widerspricht doch jeder Logik.« »Nein, das tut es nicht«, protestierte Boran ungewohnt laut. »Die Geschichte der Menschheit ist voller Beispiele von Gräueltaten, die man aus reiner Gewinnsucht begangen hat.« »Aus diesem Grund haben ja auch die Propheten des göttlichen Allvaters, auf Terra und den dazugehörigen Welten ihre neue Ordnung gebracht. Seitdem herrscht Friede und viele Völker können sich unter ihrem Schutz frei entwickeln.« Boran stöhnte laut auf und ließ sich erschlafft in seinen Sessel zurückfallen. Es war als ob er innere Qualen erleiden müsste. Dann schaute er mich traurig an und schüttelte dabei den Kopf. »Dir ist wirklich nicht zu helfen. Das ist Schade, denn du bist ein sehr intelligenter Mann.« »Danke für das Kompliment«, grummelte ich leicht verunsichert. »Aber sag mir, warum haben Imperiumstruppen, angeblich rechtswidrig, deinen Heimatplaneten besetzt?«»Sie waren scharf auf die Energiekristalle.« »Aber sie haben dein Volk nicht ausgelöscht.« »Ohne uns würden sie nicht in unser Sonnensystem herein noch herauskommen. Zudem sind nur wir in der Lage die Energiekristalle zu finden.« »Das sind deine Behauptungen. Du hast mir doch erzählt, ihr hättet das Imperium bezahlt, damit sie die Hornrücken auf euerem System vertreiben.« »Das haben die Flottenverbände ja auch gemacht, aber anschließend bekamen sie den Befehl unsere Welt zu besetzen.« »Wenn das die Bonzen gewollt hätten, wäre es ihnen schon früher gelungen Juwel zu erobern«, widersprach ich heftig. »Die Navigatoren der Flotte sind mit allen Wassern gewaschen, die kommen überall hin.« Boran blickte mich mitleidig an. »Juwel liegt in einer Region der Milchstraße, die normalerweise von den Raumfahrenden Völkern gemieden wird. Gewaltige Asteroidengürtel, Gasnebel die leicht explodieren und elektromagnetische Stürme verhindern ein vernünftiges Manövrieren. Ohne einen sechsten Sinn oder einen Lotsen kommt man dort nicht durch.« »Dann habt ihr sie also in euer Sonnensystem geführt.« »Das mussten wir, sonst hätten die Hornrücken unser Welt zerstört.« »Ich glaube immer noch an die gerechten Propheten des Allvaters. Alles was du sagst sind böswillige Behauptungen. Vor solchen Einflüsterungen hat man uns schon in der Schule gewarnt. Im Reich der Bonzen hat jeder die Chance in die nächst' höhere Kaste aufzusteigen. Ich bin das beste Beispiel dafür.« »Es ist dein gutes Recht das zu glauben«, seufzte er. »Aber wenn du zu deinen Leuten zurückkehrst, wird man dich töten.«»Ich kann mir nicht vorstellen, das ein komplexes Gesellschaftsordnung, wie das der Bonzen, auf einer Lüge aufgebaut ist.« Der Historiker reagierte nur mit einem Schulterzucken auf meinen letzten Satz. Doch im Hintergrund murmelte jemand leise: »Selig sind die Bekloppten, denn sie brauchen keinen Hammer mehr.« Ich verstand den Sinn des Spruches nicht und wollte ihn auch gar nicht erfahren. Schweigend machte ich mich auf den Weg zu meiner Kabine.

Starcity

Heute war es soweit. Die Lichtgöttin näherte sich der Stadt im Weltraum. Von weitem sah man ein irrlichterndes Funkeln und Strahlen. Es war, als ob ein riesiger Kristall in allen Farben des Spektrums leuchtend, die Schwärze des Alls für immer bezwungen hätte. Die großflächigen Panoramafenster in der Zentrale boten einen ausgezeichneten Ausblick. Schon bald erkannte ich fremdartige Schriftzeichen, die, an zum Teil skurril wirkenden Gebäuden prangten.

Ganze Viertel wurden von transparenten Kuppeln überspannt. Je nach Lebensform besaßen sie eine andere Atmosphäre. Auf den vier großen Raumhäfen der Metropole, herrschte ein ständiges Kommen und Gehen. Da setzten Rauschiffsmodelle zur Landung an, die in keinem Katalog des Imperiums verzeichnete waren. Alles war so fremd und unwirklich - wie in einem verrückten Traum. Ich konnte mich kaum satt sehen an den vielen Attraktionen, die sich meinen Augen boten. Gerade betrat Aylen die Zentrale. Ich hatte das Mädchen schätzen gelernt. Sie blickte mich mit ihren großen Augen traurig an. Sie hatte mich lieb gewonnen und ich sie eigentlich auch. Leider war es einem Angehörigen der Kriegsflotte verboten, freundschaftliche Beziehungen mit Wesen anderer Rassen zu unterhalten. »Dein neuer Anzug steht dir sehr gut«, sagte sie anstatt einer Begrüßung. »Das ist der erste Zivilanzug in meinem Leben«, gestand ich lächelnd und küsste sie sanft auf ihre silberne Wange. »Ich werde dich vermissen, du bist für mich wie eine kleine Schwester.« Ehrlicherweis musste ich zugeben, dass es mich die ganze Zeit gereizt hatte ihre Haut zu berühren. Sie duftete nach Jasmin. Ich löste mich sanft von Aylen und nahm eine Liste entgegen, die mir Boran reichte. »In deinen Koffern befindet sich eine komplette Herrenausstattung aus dem besten Zwirn, der in diesem Quadranten angeboten wird«, klärte er mich auf. »Mehrere gültige Ausweise, Bargeld in verschiedenen Währungen sowie fünf Kreditkarten sind in den Seitentaschen verwahrt. Sie lassen sich nur von dir öffnen lassen. Jeder andere würde eine bösen Überraschung erleben.« »Ihr schenkt mir ein Vermögen. Warum macht ihr das?« »Weil man sich mit Drohungen keine Freunde macht«, sagte der große Mann mit dem für ihn typischen Spott. Ich klopfte ihm kameradschaftlich auf die Schulter und murmelte gerührt: »Dank für alles, das meine ich ernst.« Im vergleich zu einem Militärraumhafen, ging es auf Starport 3 chaotisch zu. Warum es bei dem Durcheinander zu keinen Kollisionen kam, blieb mir ein Rätsel. Als ich die Gangway betrat wurde ich von der warmen stickigen Luft des riesigen Platzes fast erdrückt. Dazu überforderte eine Unzahl fremdartiger Gerüche auf drastische Weise meine Nase. Ich spürte eine leichte Übelkeit in mir hochsteigen. Doch ich riss mich zusammen.

Welche Blamage wäre es für einen Altgedienten Raumsoldaten, auf eine Landefläche zu Kotzen. »In Starcity gibt es kostenfreie Transportkapseln. Sie bringen dich überall in der Stadt fast überall hin.« Er reichte mir einen Zettel mit verschiedenen Adressen. »Das sind alles Hotels der gehobenen Klasse. Computerterminals gehören zur Grundausstattung eines jeden Zimmers. Dort kannst du alle Informationen bekommen, die du brauchst, um eine Passage bis zur Erde buchen.« »Die fliegen von hier direkt nach Terra?« »Nein, nicht direkt. Das lassen die Sicherheitsvorschriften der imperialen Zollbehörden nicht zu. Acht- oder neunmal musst du schon die Linie wechseln, wobei du vor jedem Start einer genauen Überprüfung unterzogen wirst.« »Und halten meine Ausweise der Prüfung stand?« »Mit Sicherheit. Wenn du bei Befragungen nichts über deinen früheren Beruf erzählst, wirst du als Bürger der Klasse A eingestuft, mit der Option zum Beamten.« Ich schnappte nach Luft. Einen Bürger der Klasse A bekamen Leute wie ich fast nie zu Gesicht. Sie hatten das Recht sich frei im Reich zu bewegen und durften ohne Genehmigung ihren Wohnort wechseln. Für einen Menschen, der in einer Containerstadt aufgewachsen war, eine fast schon obszön anmutende Freiheit. »Dieser Einstufung bin ich nicht würdig.« Abwehrend hob ich die Hände und machte ein bestürztes Gesicht..»Du kennst nicht die wahren Zustände auf Terra, sonst würdest du so einen Blödsinn nicht von dir geben«, schimpfte Aylen erbost und fuchtelte dabei mit dem Zeigefinger wild vor meinem Gesicht rum. »Da muss ich ihr Recht geben«, lachte Boran, der nicht mit einem solchen emotionalen Ausbruch von Aylen gerechnet hatte. »Außerdem dient diese Einstufung auch deinem Schutz, weil die Sicherheitskräfte von Starcity einen Soldaten des Imperiums sofort verhaften würden.« »Die Propheten des Allvaters scheinen sich im galaktischen Outback, keiner besonderen Beliebtheit zu erfreuen.«»Das trifft es, aber nur sehr milde ausgedrückt«, feixte die Sechzehnjährige. Ich verabschiedete mich von den Beiden und bemerkte wie sich die großen Augen des Mädchens mit Tränen füllten. »Du musst um einen alten Stinkstiefel wie mich nicht weinen, meine kleine Lehrerin«, versuchte ich sie Aufzuheitern. »Ich habe viel von dir gelernt und werde dich nie vergessen.« Nachdem ich mich verabschiedet hatte, besteig ich eine Transportkapsel und gab mein Ziel ein. Das Gerät brauste mit einer unglaublichen Geschwindigkeit los. Bei der Größe von Starcity, war das nicht verwunderlich. Nach einer kurzen Fahrt stieg die Transportkapsel höher und ordnete sich in eine unsichtbare Leitlinie ein. Hier brummte das Leben. Eine solche Vielfalt unterschiedlicher Rassen hätte ich mir nie vorstellen können. Es wimmelte auch von fremdartig aussehenden Fahrzeugen in denen noch fremdartigere Lebewesen saßen. Dasselbe traf für den Baustil zu, für den es keine Ordnung zu geben schien. Neben grauen Wohngebäuden, die abweisend in den künstlichen Himmel ragten, gab es kunterbunte Kunstwerke, die beständig ihre Gestalt und Farbe änderten. Streng geometrische Strukturen und fließende Formen im extremen Kontrast und in verwirrenden Anordnungen. Es gab unzählige Stadtteile und jedes wurde von einer separaten Klarsichtkuppel überdeckt. Unentwegt musste mein Gefährt Schleusen passieren. Ständig erblickte ich etwas Neues. Neben Erdgebunden Intelligenzen, gab es auch viele, die sich fliegend Vorwärtsbewegten. Manche sahen aus wie übergroße Vögel mit buntem Gefieder, andere wiederum ähnelten Insekten und manche besaßen gefährlich aussehende Beißwerkzeuge. In der Kriegsflotte des Imperiums dienten fast ausschließlich Wesen von humanoider Abstammung. Fremdrassige waren mir bisher nur bei Kampfeinsätzen, als Gegner begegnet. In der Weltraumstadt musste ich jetzt - ein Meister des Tötens - lernen mit ihnen auskommen. Aus diesem Grunde trug ich einen kaum sichtbaren Translator an einer Kette um meinen Hals. Sitten und Gebräuche anderer Zivilisationen konnten schon verwirrend genug sein, doch die Sprache bot noch mehr Möglichkeiten, wenn man Missverständnisse heraufbeschwören wollte. Zum Glück waren die modernen Übersetzungsgeräte in der Lage selbst Feinheiten adäquat wiederzugeben. Ohne ein solches Gerät, dass musste ich zugeben, wäre ich hier aufgeschmissen. Das Hotel erwies sich als ein Haus der Oberklasse. Ein Page bemächtigte sich diensteifrig meiner Koffer und eilte mit mir zur Rezeption. Das von einer mächtigen Glaskuppel gekrönte Foyer war von einer imposanten Größe und gab dem Raum eine große Offenheit. Überall luden Sitzgruppen zum Verweilen ein und exotische Springbrunnen erfreuten das

Auge mit phantasievollen Wasserspielen. An den Wänden hingen prachtvolle Gemälde, die im wilden Farbenrausch miteinander zu wetteifern schienen. Der mit kostbarem Marmor belegte Boden, wurde zum Teil von dicken flauschigen Teppichen belegt. Man ging darüber, wie auf einer Frühlingswiese. Der Würdevolle, sich seiner Stellung voll bewusste Empfangschef, behandelte mich mit größter Hochachtung. Diese Leute, das musste ich zugeben, verstanden ihr Geschäft. Hier checkten vorwiegend Humanoide ein, was ich als sehr beruhigend empfand. Nachdem mich der Page in meine Suite eingewiesen hatte - ich vergaß natürlich nicht den fleißigen Knaben mit einem Trinkgeld zu entlohnen - nahm ich die Räumlichkeiten näher in Augenschein. Das Bad strotzte mit goldglänzenden Armaturen und Edelsteingefassten Kristallspiegeln. Im Vergleich zu den technisch höher stehenden Dualen, die einen dezenten Luxus bevorzugten, herrschte hier geradezu ein pompöser Überfluss. Alleine in der Badewanne, hätten sich zehn Mann zugleich waschen können. Aylen hatte mich gewarnt wie ein Soldat zu denken. Für das zivile Leben gab es keinen Vorschriftenkatalog. Ich musste höllisch aufpassen nicht in ein Fettnäpfchen zu treten. Ein riesiges Himmelbett, indem sich ein ganzer Zug hätte betten können, lud mich zum relaxen ein. Ein Blick nach oben, ließ mich verwunderte mein Ebenbild erkennen. Warum brachten Menschen einen Spiegel über dem Bett an? Ich wusste viel zu wenig von den Wünschen und Bedürfnissen freier Bürger und es gab noch eine Menge zu lernen. Vorerst wollte ich nicht als Imperiumssoldat erkannt werden. Außerhalb des Sternenreichs der Bonzen, so hatte es mir Boran eindringlich erklärt, erfreuten sich diese keiner besonderen Beliebtheit. Zum ersten Mal in meinem Leben konnte ich wirklich tun und lassen was ich wollte. Niemand würde es wagen einem reichen Mann Vorschriften zu machen. Es reizte mich das wilde und brüllende Leben der uralten Weltraummetropole zu erforschen. Da ich nach Aussage von Boran einen Miniatursprengkörper im Kopf gehabt hatte, wäre ich jetzt ohnehin schon tot und von der Flotte Abgeschrieben. Also konnte ich mir mit der Heimkehr ruhig Zeit lassen. Ich wechselte den Anzug, steckte mir die Kreditkarten und einen Ausweis in die Taschen und marschierte los. Ben das Genie Seit mittlerweile acht Jahren existierte ich nun schon als eine Mischung aus Mensch und Maschine. Ein Hybrid, oder besser gesagt, eine Verhöhnung des Lebens. Statt Arme besaß ich höchst bewegliche Tentakel, die mit unzähligen Greifwerkzeugen bestückt, aus mir einen höchst effizienten Werkzeugkasten machten. Ein Rollstuhl, mit modernster Technik voll gestopft, ersetzte meinen fehlenden Unterkörper. Das heißt: Sex existierte für mich nur noch als eine ferne Erinnerung. Die Krönung meiner äußeren Erscheinung bildete eine billige Plastikmaske, die zwei Drittel meines Gesichts bedeckte. Dieses groteske Äußere war die Strafe für die vielen Sünden, die ich in meinem früheren Dasein begangen hatte. Jetzt fristete ich mein Leben als Wartungseinheit des Spielcasinos „Galaktisches Glück", einem der größten Vergnügungszentren auf Starcity. Noch vor zehn Jahren war ich ein Mann mit den besten Zukunftsaussichten in der imperialen Kriegsflotte. Keiner konnte so schnell Virenprogramme schreiben wie ich. Bei Bedarf legte ich die Netzwerke ganzer Welten lahm, oder programmierte sie bei Bedarf um. Das Leben hatte es gut mit mir gemeint, denn trotz meiner knallharten Ausbildung zum Raumsoldaten, verzichteten meine Vorgesetzten darauf, mich als Infanterist zu verheizen. Stattdessen wurde ich schon sehr früh zu einer Sondereinheit versetzt. Ich nutzte die Datenautobahnen, um umkämpfte Welten schneller in die Knie zu zwingen, sie mit Viren zu verseuchen und die Kommunikationsstrukturen lahm zu legen. Da ich sehr schnell arbeitete, blieben die Verluste der Truppen sehr gering hielt, was mich bei den einfachen Soldaten schnell beliebt machte. Bald war ich in der ganzen Flotte als „Ben das Genie" bekannt. Schon sehr früh, schon nach fünf Jahren Dienstzeit, ernannte man mich zum Meistersoldaten. In dieser Zeit lernte ich einen Mann kennen, dessen Intellekt ihn weit über den Durchschnitt erhob und der, so wie ich, mit Fleiß und großer Begabung Karriere machte. Magnus von Stadtfeld 312. Wie er wurde auch ich in einer nordafrikanischen Containerstadt auf Terra geboren, hatte eine gnadenlose Kindheit erlebt und meine ganze Hoffnung in die Zukunft beim Militär gesteckt. Alle meine Wünsche wurden erfüllt, bis zu jenem unglückseligen Tag, an dem ich zum Krüppel wurde Alles verlief planmäßig. Die Welt, die es zu erobern galt, besaß eine gewaltige Wirtschaftskraft und eine schlagkräftige

Flotte. In den Sternenkatalogen wurde sie unter der Bezeichnung Stucktor-Prime geführt. Ihre Bevölkerung setzte sich aus 80 % Auswanderern von Terra und 20% fremdrassiger Wesen zusammen. Meine erste Aufgabe bestand darin, die Kommunikation ihrer Flotte zu stören. Die Verständigung war die Achillesverse, eines jeden kämpfenden Verbandes. Wurde sie nachhaltig gestört, oder gar vollständig unterbrochen, konnte auch der genialste Feldherr keine erfolgreiche Schlacht mehr führen. Bisher hatte ich noch jede Firewall überwunden. Auch an diesem Tag waren das Glück und mein Genie mir hold. Der nächste Schritt bestand darin, das stark gesicherte Regierungszentrum auf dem Hauptkontinent zu stürmen. Dafür war eine Sondereinheit zuständig. Trotz erheblicher Widerstände gelang es den Nahkampfspezialisten der Imperiumsflotte, die Elite-Soldaten rund um das Gebäude, innerhalb einer halben Stunde zu eliminieren. Ich wartete die Aktion in einem gesicherten Panzerwagen ab. Kurze Zeit später bekam ich grünes Licht. Über meiner Uniform trug ich einen schwarzen Ledermantel. Dieses Privileg hatte ich mir wegen meiner hervorragenden Leistungen verdient. Lässig schritt ich über einige Trümmerstücke und trat in das imposante Bauwerk ein. Ein rangniederer Soldat wies mir respektvoll den Weg. In einem Innenhof war gerade ein Erschießungskommando bei der Arbeit. Mehr als zweihundert Gefangene mussten entsorgt werden. Ich würdigte sie keines Blickes. Ohne die zerfetzten Leichen der Gegner zu beachten, setzte ich mich grinsend an das nächsten Terminal. Mit einem von mir geschriebenen Virenprogramm, wollte ich das planetarische Netzwerk boykottieren. Meine Finger eilten wie von selbst über die Tastatur. Die nächste Beförderung stand schon in Aussicht. Leider übersah ich einen jungen Mann, der stark blutend hinter einem Schreibtisch lag. Seine letzten Worte waren: »Krepier zu Schwein.« Ich sah die Granate noch auf mich zufliegen, dann versank ich in eine bodenlose Schwärze. Grelles Licht blendete meine Augen. Ich konnte nur Umrisse erkennen. Ohne Vorwarnung drang explosionsartig die jammernde Stimme eines älteren Herrn an meine Ohren. »Bei den göttliche Propheten des Allvaters, was habe sie vor Schwester Adelheid?« »Den Kadaver in den Fleischwolf schieben«, antwortete eine schwer atmende Frau gleichgültig.»Der bringt noch eine Menge

Geld ein«, schimpfte der Mann. »Haben sie denn nicht seine Einstufung gesehen?« Ein aufgeschwemmtes Gesicht, mit der professionellen Gesichtsbemalung einer klassischen Soldatenhure, schob sich in mein Blickfeld. Höhnisch lachte sie: »Da hast du aber Glück gehabt, mein Schatz.« Wieder verlor ich das Bewusstsein. »Das Gebot liegt bei 3000 Solax, bietet jemand mehr?« Schwerfällig öffnete ich die Augen. Wo war ich nur? »Der ist mindestens dass 10fache Wert und hat das Gehirn eines Genies. So etwas bekommt man nicht alle Tage.« »3500 Solax!« »Der Androganer bietet 3500 Solax, höre ich ein besseres Angebot?« »5000 Solax«, kreischte eine dissonante Stimme. »Jetzt macht mir mein Beruf wieder Spaß, aber ich will mehr.« »15000 Solax«, dröhnte jemand und ein Raunen erfüllte den Raum. In der Annahme zu Träumen, ignorierte ich die eigenartige Geräuschkulisse. Ich wusste ohnehin nicht, wovon die Stimmen redeten. Es waren bestimmt die Auswirkungen der Medikamente, die mich so eigenartige Szenen erleben ließen. »Wach auf mein Junge, du bist fertig.« Was für eine üble Stimme drängte sich da in meinen schönen Traum. Nicht beachten, sagte ich mir. Gerade hielt ich die knackige Dora in meinen Armen. »Hau ihm eine runter, das wird ihm schon beleben.« »Der hat ein Schweingeld gekostet«, maulte Ersterer. »Wenn wir ihn kaputt machen, wird uns der Boss die Haut bei lebendigem Leibe abziehen.« »Die Verantwortung übernehme ich!« Klatsch, ein heftiger Schmerz durchzuckte meine rechte Wange. Wütend riss ich die Augen auf. Dieses Arschgesicht würde ich fertigmachen. »Da ist er ja«, grinste mich das stoppelige Gesicht eines zwielichtigen Typen an. »Jetzt kommt die Feineinstellung.« Ich wollte zu einer zornigen Rede ansetzen, doch die Zunge gehorchte nicht meinen Befehlen. Hilflos starrte ich, meinen Gegenüber an. Er roch gewaltig nach billigem Fusel. Dem Aussehen nach war er kein Soldat. Die zweite Person im Raum, ein vom Leben gezeichneter Mann mit Übergewicht, konnte auch nur ein Zivilist sein.« »Sein Programm ist gleich geladen, dann kann er mit der Arbeit beginnen«, murmelte der unrasierte Säufer. »Zeig ihm doch wie er aussieht«, kicherte der Dicke gehässig. »Ich lach mich jedes Mal halb Tod, wenn die Typen geschockt ihre Sehwerkzeuge aufreißen.« Irgendetwas Furchtbares war passiert. Ich saß mit zwei Verrückten in einem Raum, der mit technischem Krimskrams voll gestopft war. Langsam drehte mich der Fuselstinker herum. Ein zwei Meter hoher Spiegel zeigte mir einen grotesken Roboter mit dem Kopf eines Menschen und einem fahrbaren Unterteil. Das Gesicht dieser abstrusen Witzfigur wurde zu zwei Dritteln von einer Maske bedeckt. Langsam kehrte meine Erinnerung zurück. Die Granate des jungen Mannes, musste meinen Körper zerfetzt haben. Als nächstes Erinnerte ich mich an eine fette Krankenschwester, die etwas von einem Fleischwolf faselte. Anschließend hörte ich eine dröhnende Stimme vom Gehirn eines Genies sprechen und das ein anderer dafür 15000 Solax bezahlen wollte. In mir keimte der schreckliche Verdacht auf, dass es mein Gehirn war. Schade, der hat je überhaupt nicht reagiert«, maulte der Übergewichtige. Da fing der Fuselstinker gackernd an zu lachen. »Der Schock kommt später noch. Zuerst muss er eine ganze Flut von Daten verarbeiten.« Auf den Schock würden sie warten müssen. So wie es aussah hatte mich das Schicksal auf die Verliererstraße bugsiert. Aber man nannte mich nicht umsonst Ben das Genie. Ich würde einen Weg aus dieser Misere finden, auch wenn es Jahre dauern sollte. Ist unser Informatikgenie endlich fertig«, vernahm ich eine feste und befehlgewohnte Stimme. »Ich brauchen ihn dringend, da versucht ein Schlauberger mehrere Spieltische zu manipulieren und die Sicherheit muss ihn auf frischer Tat ertappen.« Die Stimme gehörte Cordoba Enzgo, dem Casinomanager. Der in teurem Zwirn gekleidete Mann hatte aufmerksame Augen, schwarzes Haar und hatte die Schultern eines Preisboxers. Dass er in der Unterwelt von Starcity einen gefürchteten Namen hatte, sollte ich erst später erfahren. Ich bin einsatzbereit«, meldete ich mich kurz. »Na dann los. Auf dich wartet eine Menge Arbeit. Im Laufe der Jahre wurde ich für das Spielcasino zum unverzichtbaren Inventarteil. Das Personal ignorierte mich, so dass ich ungestört meiner Arbeit nachgehen konnte. In manchen Wochen wurden hier zwei bis drei Milliarden Solax umgesetzt. Mittlerweile kannte ich den Wert des Geldes und wusste, dass ich dem Casinomanager ein kleines Vermögen gekostet hatte. Wie bei allen Sicherheitsprogrammen fand ich auch in meinem eine Lücke. Ich schrieb es Stück für Stück um, und entsorgte ganz nebenbei Fusel und Fetti, denen die Wartung der technischen Einrichtung innerhalb des Casinos bisher oblag. Dabei ging ich so geschickt zu Werke, dass man die Tat drei Zuhältern aus einem billigen Bordell zuschob. Mitleid kannte ich nicht, die Typen hatten auch so genug Dreck am Stecken. Danach dankte ich im Geiste meiner harten militärischen Ausbildung und entsorgte sie Schnapsflaschen in den nächsten Mühlcontainer. Die Werkstatt war jetzt mein Refugium. Ich hatte Geräte konstruiert, die meinen Torso pflegten und bessere Versorgungseinheiten gebaut. So konnte ich längere Zeit autonom agieren, was den Casinomanager natürlich sehr freute. Eigentlich lag mir recht wenig an der Freude, dieses gewissenlosen Mannes. Für ihn zählte nur der Gewinn und der hatte sich gesteigert, seitdem ich die Kontrolle über das Hausinterne Netz übernommen hatte. Mein Sicherheitssystem entdeckte sofort Veränderungen an den Spielautomaten und anfällige Geräte ließ ich nach meinen Plänen verbessern. Endwicklungen, auf die andere stolz gewesen wären, bedeuteten mir nichts. Für mich zählte nur meine persönlicher Freiraum. Da machte ich, was ich am besten konnte. Ich drang in fremde Systeme ein, manipulierte sie und wusste bald über alles und jeden in Starcity bescheid. Die Weltraumstadt war viel mehr als ein bloßes Sammelsurium unterschiedlicher Rassen. Auf ihren Banken wurden gigantische Vermögen geparkt, um sie dem Fiskus zu entziehen und auf Schwarzgeldkonten große Summen hin und her geschoben. Hier wurden Milliardenschwere Geschäfte beschlossen und stolze Gewinne gemacht. Schmierige Politiker gingen in den Bordells und Freudenhäusern ihren abartigen Neigungen nach und glänzten gleichzeitig auf ihren Heimatplaneten als Saubermänner. Noch interessanter waren die zum Teil noch unerforschten Tiefen des brodelnden Molochs. Dort besaßen sämtliche Geheimdienste der bekannten Galaxis einen Stützpunkt. Und sie taten was sie am besten konnten. Sie besorgten sich auf unrechtmäßigen Wegen Information und folterten Gefangene. Manchmal tauchten sie auch streng geheime Nachrichten untereinander aus oder töteten irgendjemand. So erfuhr ich im Laufe der Jahre ungewollt und von den unterschiedlichsten Stellen, die Wahrheit über meine alles geliebten Bonzen. Dieses Wissen stürzte mich eine Zeitlang in eine tiefe

Krise. Es folgten Depressionen, die ich nur mit Medikamenten unter Kontrolle bekam. All das ist schon Jahre her und hat aus mir einen kühlen Realisten gemacht. Heute, war ich wieder mal unterwegs zu einem Händler, bei dem man allerlei seltene elektronische Bauteile erwerben konnte. Es war eine Gegend, die nicht für Touristen geeignet war. Viele Bewohner verdienten sich mit Raubüberfällen und anderen Untaten ihren Lebensunterhalt. Mich ließen sie in Ruhe, da sich keiner mit dem Chef des Spielcasinos anlegen wollte. Dass Sortiment des Kaufmannes setzte sich zum größten Teil aus Diebesgut zusammen, was in Starcity eigentlich niemanden störte. Er gehörte zur Rasse der Argrogyren und sah aus wie eine Mischung aus einem Vogel und einer Echse. Er gehörte zu den wenigen intelligenten Lebewesen, die sich normal mit mir unterhielten. Für dieses Verhalten war ich ihm sehr dankbar und versorgte ihn dafür immer wieder mit Tipps, wo er günstig an Hehlerware herankam. Obwohl ich mein jetziges Leben als Zumutung empfand, konnte ich mir nicht mehr vorstellen, in mein altes Leben zurückzukehren. Dafür wusste ich zuviel über das Imperium der Bonzen. Noch in Gedanken versunken begann ich meinen Heimweg. Da schreckte mich der Lärm von brüllenden Stimmen auf. Grinsend erkannte ich schon von weitem, wie die beiden Halsabschneider Casio und Enno, einen teuer gekleideten Touristen in der Kur hatten. Dieser Raub würde ihnen in den nächsten Wochen wieder Unterkunft und Alkohol sichern. Der Fremde ignorierte die Messer der Banditen und wollte sie mit Worten von ihrem Vorhaben abbringen. Welch ein naives Unterfangen, denn blitzschnell stieß Enno sein Messer in den Bauch des Mannes, oder er versuchte es zumindest, denn es passierte etwas Unglaubliches. Der gut gekleidete Fremde schlug Enno das Messer aus der Faust, drehte sich und trat Casio voll ins Gesicht. Noch ehe sich Enno wieder aufrichten konnte, traf ihn ein krachender Schlag auf die Nase, woraufhin er das Bewusstsein verlor. Dieser perfekte Bewegungsablauf erinnerte mich sofort an meine Militärzeit. Da stimmte irgendetwas nicht. Ein reicher Schnösel, der sich auf Kampfsport verstand, war alleine für sich schon ungewöhnlich. Das er noch wie ein Soldat des Imperiums kämpfte, noch ungewöhnlicher. Den Typen wollte ich mir genauer ansehen, also rollte ich langsam auf den Ort des Geschehens zu.

Der Ärger beginnt

Etwas verstimmt blickte ich auf die beiden Halunken herab, denen ich gerade ein Tracht Prügel verabreicht hatte. Ich schätzte, dass zumindest einer der beiden nicht mehr aufstehen würde. Der Versuch, mit einem Messer auf mich einzustechen, war ihm dank meiner instinktiven Reaktion misslungen. Für einen erfahrenen Kämpfer wie mich, stellten solche Spitzbuben keine Gefahr dar. Es hätten auch drei oder vier Leute sein können, am Ende würden sie immer am Boden liegen. Das waren klassische Standartsituationen, wie sie von Imperiumssoldaten ständig trainiert wurden. »Deine Kampftechnik ist nicht von Schlechten Eltern«, hörte ich eine heißere Stimme mit sarkastischem Unterton. Ein Wesen, halb Mensch, halb Maschine war furchtlos an den Kampfplatz herangerollt. Er inspizierte mich mit spöttischen Augen. »Wegen dieser Idioten bekommen ich jetzt bestimmt jede Menge Ärger«, sagte ich statt einer Begrüßung. Ich wusste noch nicht was der Hybrid von mir wollte. »Mach dir wegen denen keine Sorgen«, beruhigte er mich mit verhaltenem Kichern. »Für den Tod dieser Kleingangster interessiert sich keine Sicherheitsbehörden auf Starcity.« »Soll ich sie einfach so liegenlassen?« »Ja, kein Problem. In spätestens einer viertel Stunde kommen die Müll-Maden. Den einen werden sie auffressen, der andere wird bis dahin vielleicht verschwunden sein.« »Du kennst dich hier ziemlich gut aus?« »So könnte man es sagen.« »Und wie nennt man dich?« »Du bist aber neugierig«, lachte er mit einem Krächzen. »In Starcity können solche Fragen gefährlich sein.« »Ich wollte dir kein Geheimnis entreißen.« »Schon gut, man nennt mich den Datenfreak.« »Das ist aber nicht dein richtiger Name.« »Früher kannten mich meine Freunde nur als „Ben das Genie“. Doch, nachdem mich eine Granate zerlegte hatte, sank der Respekt meiner Vorgesetzten. Man verkaufte meinen Torso und mein jetzige Besitzer ließ mich in einen Werkzeugkasten verwandeln.« »Ben das Genie?« »Ja, so nannte man mich«, sagte er etwas vorsichtiger und blickte mich misstrauisch an. Jetzt erkannte ich ihn und das obwohl ein Großteil seines Gesichts mit einer einfachen Plastikmaske bedeckt war. Ein Freund und Kamerad aus früheren Tagen. Die Augen und der immer zu einem spöttischen Lächeln verzogene Mund hatten sich kaum verändert. Ich war verwirrt und verunsichert zugleich. Wie von selbst schoss aus meinem Mund die Frage: »Wie kommt ein ehemaliger Imperiumssoldat, als Reparaturroboter nach Starcity?« »Wie kannst du meine Vergangenheit kennen?«, wunderte er sich. »Das wäre schon ein erstaunlicher Zufall.« »Weil wir früher zusammen gedient haben. Ich bin Magnus von Stadtfeld 312. Meinem rollenden Kameraden fiel fast die Kinnlade herunter. Mit weit aufgerissenen Augen starrte er mich an. Dann fragte er mich spontan: »Wo sind deine Narben? Du hast zwar die Figur von Magnus, hast aber das Gesicht eines Schönlings.« »Das ist eine lange Geschichte. Kennst du nicht einen Ort, wo wir uns in Ruhe unterhalten können?« »Ja, den kenne ich. Ich hoffe nur, dass ich jetzt keine Fehler mache, wenn ich dich mit in meine Kammer nehme.« Zehn Minuten später saß ich ihm, in einer sauber aufgeräumten Werkstatt, auf einem Hocker gegenüber. Aus einem Seitenschrank holte er eine Flasche mit teuerem Weinbrand und den dazugehörigen Gläsern. Ein kleiner Beistelltisch sorgte für ein gemütliches Ambiente. »Ich habe etwas gegen billigen Fusel«, murmelte er entschuldigend, während er die Gläser auffüllte. »Du konntest auch schon früher alles besorgen«, neckte ich ihn. »Das ist wahr. Aber sag, wie kommt ein einfacher Diener der Propheten zu so einem teueren Anzug?« »Den hab ich von den Dualen und noch einiges mehr.« »Du hattest Kontakt mit den Dualen?«, prustete es aus ihm heraus und er sah mich an, als ob ich ein Geist wäre. »Äh, ja. Sie fanden mich sterbend in meinem Novar-Husar und retteten mich.« »Das klingt ja noch unglaublicher. Warum sollten ausgerechnet die Dualen, deren Planet unrechtmäßig vom Imperium besetzt wurde, einen potentiellen Feind retten?« »Das musst du sie schon fragen«, knurrte ich angekratzt. »Aber ich glaube, sie brauchen Verbündete.« »Und warum bist du nicht bei ihnen geblieben?« »Weil ich mir immer noch überlege heimzukehren.« »Du bist doch der größte Idiot, den das Universum jemals gesehen hat«, schimpfte er aufgebracht und der unbedeckte Teil seines Gesichts nahm eine gefährlich rote Farbe an. »Warum regst du dich so auf. Sie erzählten mir Dinge über die Bonzen, die ich so nicht glauben kann. Deshalb habe ich sie verlassen.« »Habe sie dir etwa erzählt, das die gerechten Bonzen in Wirklichkeit charakterlose Parasiten sind, deren Kastensystem mehrere hundert Milliarden Menschen unterdrückt? Nein, so drastisch habe sie es nicht formuliert.« »Trotzdem ist es die Wahrheit. Ihnen habe ich es auch zu verdanken, das ich als mechanischer Zombie, für einen geldgeilen Gangster, bis zu meinem Lebensende schuften muss. Ich zähle hier nicht als Mensch, sondern als Ding.« »Wenn das alles stimmt, bestand unser ganzes Leben aus einer einzigen Lüge«, seufzte ich betrübt. »So ist es, mein Freund. Wir wurden benutzt, verraten und verkauft.« »Und wie bist du mit der Wahrheit umgegangen«, wollte ich von ihm wissen. »Ich habe jahrelang Antidepressiva geschluckt«, gab er mit traurigen Augen zu. »Gibt es hier auch Frauen von der Erde?« »Ja, in der Roten Mühle. Es ist das größte Freudenhaus in diesem Stadtteil und nur für gut betuchte Leute zugänglich.« »Seit wann arbeiten Frauen von Terra als Huren in einem Bordell?« »Du bist wirklich naiv«, schalt mich Ben. »Der Sklavenhandel ist eines der lukrativsten Geschäfte der Galaxis und die Besitzer der Edelabsteigen bezahlen horrende Summen für Frischfleisch vom Blauen Planeten.« »Das möchte ich mir selbst anschauen, kannst du mir den Weg dorthin zeigen?« Er gab mir einen Wegplaner. Ein kleines wunderbares Gerät, das mich überall hin führte, wo ich wollte. Da er auch noch um meine Sicherheit besorgt war, steckte er mir noch einen speziellen Kommonikator in die Tasche, mit dem ich ihn jederzeit ausfindig machen konnte. »Der Casinomanager ahnt nichts von meiner Selbstständigkeit«, gestand er grinsend. »Ich glaube nicht das sie ihm gefallen würde. Dein Geheimnis ist bei mir sicher. Ich werde mich später bei dir melden.«

Das Freudenhaus

Das Etablissement gehörte zur absoluten Spitzenklasse. Keine schmutzige Rammelbude, für Soldaten, wie ich sie von früher her kannte. Dieser Laden war das pure Gegenteil. Hier wurde grundsätzlich auf hohem Niveau gevögelt. Das heißt, wenn man ihn hier wegsteckte, kostete das verdammt viel Geld. Die Frauen waren von atemberaubender Schönheit und in teuere extravagante Kleider gehüllt. Hier ging es nicht um eine schnelle und kurze Nummer, sondern um sehr viel Spaß und das eine ganze Nacht lang. In den Vergnügungszentren der Flotte dagegen, wurde im Akkord gebumst. Eingestellt wurden dafür fleißige und einfache Mädchen von Farmplaneten, die sich so ein Zugbrot verdienten. Die lustige Sally soll ein einem Tag, über hundert Jungs versorgt haben. Doch trotz der eindrucksvollen Innenausstattung und der freundlich lächelnden Empfangsdame, war dies ein Ort wo unschuldige Mädchen brutal ausgebeutet wurden. Wenn sie nach einigen Jahren verbraucht waren, verkaufte man sie an kleine und billige Freudenhäuser weiter. Während sich die Bordellbesitzer ein Vermögen mit den Frauen verdienten, konnten ihre Opfer das Leben nur unter Drogeneinfluss ertragen. Das alle wusste ich von Ben, dem es gelungen war, sich in fast alle Netzwerke von Starcity einzuloggen und der jeden kannte, der eine Leiche im Keller hatte. »Haben sie einen besonderen Wunsch?«, fragte mich die dunkelhaarige Empfangsdame mit lasziver Stimme. »Habt ihr Mädchen von Terra?«»Wir haben alles was das Herz begehrt«, hauchte sie und wies mich mit einer Handbewegung an, ihr in einen Seitenflügel zu folgen. Wie Puppen hergerichtet, saßen überall auf Sesseln und Sofas die schönsten Grazien des Universums. In der hintersten Ecke saß ein zerbrechliches Geschöpf, mit weißblonden Haaren und einer durchscheinenden Haut. »Was ist mit ihr?« »Oh, das ist eine gute Wahl«, sagte sie mit einem geschäftsmäßigen Grinsen, das ihren wahren Charakter offenbarte. »Allerdings kostet sie das zehnfache, da sie noch Jungfrau ist.« »Geld ist kein Problem«, sagte ich mit überheblichem Gebaren und zückte eine goldene Kreditkarte. »Sollten sie ungewöhnliche Sexpraktiken bevorzugen, dann …« »Sie meinten wohl, wenn ich dem Kind Verletzungen zufügen sollte, dann wird es etwas teuerer.« »Das meinte ich damit«, flötete sie mit boshaftem Unterton. Ich drehte mich zu dem Mädchen und winkte sie zu mir. Sie blickte mich wie ein verletztes Reh an, dass man in die Ecke getrieben hatte. Mit weicher Stimme sagte ich zu ihr: »Keine Angst Kleines, ich bin kein Perversling.« Ich schloss die finanziellen Modularitäten mit der Dunkelhaarigen ab und ließ mir ein Zimmer zeigen. Auch hier herrschte Luxus im Überfluss. Ich bat das Mädchen auf einem Sofa Platz zu nehmen.

»Wie heißt du?«, fragte ich sanft. »Lulu«, flüsterte sie undeutlich.»Das ist nicht dein richtiger Name«, widersprach ich. »So nennt man einen Hund aber kein Mädchen.« Sie kicherte schüchtern und sagte etwas fester »Thora, Thora ist mein Name.« »Und woher kommst du, Thora?« »Es ist mir verboten darüber zu sprechen«, keuchte sie erschrocken und blickte gehetzt nach allen Seiten. Es schien mir, als ob man sie schon des Öfteren geschlagen hatte.»Ich habe eine Menge Geld für dich bezahlt und erwarte eine ehrliche Antwort von dir«, brummte ich streng.« »Von Terra«, wisperte sie heiser, »aus dem nordafrikanischen Territorium.« »Wohneinheit?« »Stadtfeld 312«, wimmerte sie herzerweichend und brach in Tränen aus. Lichtjahre von der Erde entfernt, saß mir, eine junge Frau aus meiner Heimatstadt gegenüber. Das musste ich erst einmal verarbeiten. »Kennst du ein Mädchen mit dem Namen Xandra?«, fragte ich etwas vorsichtiger und reichte ihr ein Taschentuch. Ich wollte sie wieder beruhigen und lenkte das Thema daher auf meine Schwester. »Ja, sie war meine beste Freundin.« »Lebt sie noch auf Terra?« »Nein, sie wurde wie ich auf dem Sklavenmarkt verkauft.« Ich musste mich setzen. Die Nachricht traf mich hart. Mein Atem ging heftig, doch ich wollte noch mehr wissen. »Weißt du, wohin man sie verkauft hat?« Sie schaute mich verwundert. »Nach Vatikan II. Rothaarige Mädchen mit grünen Augen sind dort sehr begehrt, so wurde es uns jedenfalls erzählt.«»Was wollen denn die Schwarzkittel mit rothaarigen Mädchen?«Mit einem Blick, der ins Leere gerichtet schien, erzählte sie: »An bestimmten Feiertagen finden dort Hexenverbrennungen statt. Zu solchen Gelegenheiten kommen Touristen aus allen Teilen der Galaxis und bezahlen viel Geld, um diesem Spektakel beizuwohnen.« Natürlich waren auch mir Gerüchte, von derartigen Gräueltaten, zu Ohren gekommen, doch hatte ich sie immer für die Hetzpropaganda Unzufriedener gehalten, denn die Päpste von Vatikan II gehören seit den Anfängen des Imperiums zu den engsten Verbündeten der Bonzen. »Es tut mir leid, wenn ich dir etwas Schreckliches erzählt habe.« »Du kannst nichts dafür, Kleines«, seufzte ich traurig. »Doch Xandra ist meine jüngste Schwester.« Jäh verhärtete sich ihr Gesicht und wütend schimpfte sie: »Du lügst. Bis auf ihren jüngsten Bruder sind alle im Kampf für die großen Propheten gefallen.« »Dann wurde ich also doch schon für tot erklärt«, erkannte ich frustriert und fügte bitter hinzu: »Die hätten sich wenigstens noch zwei oder drei Wochen Zeit lassen können.« »Dann musst du Magnus sein«, haspelte sie verwirrt.

Es fließt Blut

Ich wollte ihr gerade alles erklären, als die Tür aufgerissen wurde und zwei bullige Typen erschienen. Thora verkroch sich ängstlich hinter dem Sofa. Es war das Beste was sie tun konnte. »Soldaten des Imperiums habe hier nicht verloren«, bellte einer von ihnen und schlug sich zweideutig mit der rechten Faust in die offenen linke Hand. Sofort schoss mein Adrenalin in die Höhe. Fast automatisch begann ich die beiden auf ihre Kampfkraft einzuschätzen. Auf der rechten Seite stand ein dunkelhaariger Typ, mit einer typischen Boxernase. Sein Rasierwasser stank erbärmlich. Der andere hatte eine Glatze und stierte mich wie ein lästiges Ungeziefer an, dass es zu vernichten galt. Sie gaben ganz passable Straßenschläger ab, für dieses Geschäft vollkommen ausreichend, aber für einen ausgebildeten Killer wie mich, musste man schon andere Geschütze auffahren. »Jungs, es ist besser wenn ihr euch verpisst«, sagte ich warnend zu ihnen. Es war ihre einzige Chance lebend aus der Situation raus zukommen. »Spiel dich mal nicht so auf, du verzogener Penner«, regte sich der Kerl mit dem zerbeulten Riechorgan auf und zog eine klassische Projektilpistole aus seiner linken Brusttasche. Eine gute Waffe in der Hand eines Profis, aber bei diesem Knaben musste ich mir keine Sorgen machen. »Machen wir ihn fertig, Dorkan«, spukte der Glatzkopf neben ihm und machte dabei ein ganz wildes Gesicht. Zu meiner Freude zückte auch er eine Waffe, oder besser gesagt ein kleines Handgeschütz, dass einen riesigen Schaden anrichten konnte. »Moment mal«, unterbrach ich die Schläger, »ihr seid beide mit Pistolen bewaffnet und mir total überlegen. Wäre schön, wenn ich wenigstens einen Knüppel zur Verteidigung hätte.« »Pack dir doch einen Stuhl, du Flasche«, lachte Dorkan schnarrend, »dann herrscht Chancengleichheit.« Ohne zu zögern griff ich mir ein Sitzmöbel, zerschlug es auf der Stelle und nahm mir ein schräg gesplittertes Stuhlbein als Waffe. »Jetzt muss ich euch töten«, murmelte ich bedauernd und trat ohne Vorwarnung gegen einen gläserne Tischvase, deren Splitter die Visage des Glatzkopfs trafen. Dann sprang ich über eine Sitzgruppe, die zwischen uns stand und rammte dem Kerl mit dem schlechten Rasierwasser, das Stuhlbein in die Brust. Sein haarloser Kollege, dessen Gesicht aus mehreren Schnitten heftig blutete, starb durch zwei Schüsse in die Herzgegend, dank der Pistole die ich vorher seinem Kumpel entrissen hatte. »Thora, wir müssen sofort von hier verschwinden.« Mit bleichem Gesicht und weit aufgerissenen Augen starrte sie auf die Leichen. »Unser Leben ist verwirkt. Sie werden uns töten.« »Jetzt mach aber halblang«, schimpfte ich verärgert. »Sie müssen uns erst einmal erwischen.«Sorgfältig durchsuchte ich die Beiden nach weiteren Waffen. Thora drückte ich die kleinkalibrige Pistole von Dorkan in die Hand. Das schwere Handgeschütz des Glatzkopfes nahm ich in meine Obhut.»Schießen kannst du doch, oder?« »Ja natürlich«, bestätigte sie stolz. »Das haben wir schon im Kindergarten gelernt.« »Dann vergiss bitte nicht zu treffen, wenn sie uns ihr Sicherheitspersonal auf den Hals hetzen«, mahnte ich das Mädchen sarkastisch. Sie nickte kurz und wir rannten los. Auf den Gänge und Fluren des Freudenhauses war der Teufel los. Überall rannten kreischend, halbnackte Mädchen herum. Dazwischen drängten sich reichen Freier, von denen einige verzweifelt versuchten in ihre Hosen zu schlüpfen. Andere wiederum trugen zum Teil lächerliche Gewänder. Den schlimmsten Anblick boten mir zwei Typen in Windeln. Ein anderer Spinner war von Kopf bis Fuß in Latex gekleidet. Das ganze erinnerte mich mehr an eine Irrenanstalt, als an einen Ort, wo man dem Sex frönte. »Wissen sie was passiert ist«, fragte mich ein älterer Herr im vorbeilaufen. Zu meinem Erstaunen bemerkte ich, das sein nackter Hintern, voller roter Striemen war. »Falscher Alarm«, winkte ich ab. Thora und ich hielten unsere Waffen unter den Kleidern versteckt. »Dann ist ja gut«, freute er sich spitzbübisch und ging zu einem Zimmer, wo eine schwarz gekleidete Dame mit Peitsche auf ihn wartete. »Sind den hier alle Krank?«, wollte ich von meiner Begleiterin wissen. »Da fragst du mich zuviel. Ich bin erst seit drei Tagen hier.« Im mondänen Vorraum wartete bereits das Sicherheitspersonal auf uns. Die muskulösen Jungs waren alle mit Schießprügel ausgestattet und machten einen professionellen Eindruck. »Geben sie auf. Sie wollen doch nicht, dass ein Unschuldiger zu Schaden kommt«, meldete sich die Empfangsdame mit einem hochnäsigen Zungenschlag zu Wort.« Ich wollte gerade zu einer gehässigen Antwort ansetzten als ein Schuss fiel. Peng! Die hübsche Dame fiel mit einem Loch in der Stirn krachend über einen Beistelltisch zu Boden. Der Blonde Engel an meiner Seite hauchte zur gleichen Zeit mit der lieblichsten Stimme im Universum: »Und Tschüss!« Sofort begann ein wildes Geballere. Ich packte Thora an der Hand und rannte los. Die Kleine konnte erstklassig Schießen und traf jedes Mal wenn sie abdrückte. Mein Monstergerät dagegen, funktionierte mehr wie ein Vorschlaghammer. Dort wo ich hinzielte, blieben nur noch Trümmerhaufen zurück. Das Teil hatte einen gewaltigen Rückschlag und war keineswegs für Feinarbeit geeignet. Aber alles was sich vor meiner Mündung befand hatte schlechte Karten. Doch auch unsere Gegner segneten uns mit einem Regen aus Blei. Nur mit dem Zielen haperte es bei ihnen, da sie hinter dem Mobiliar Deckung suchten. Obwohl wir ihrem Feuer vollkommen ausgeliefert waren, konnten wir schneller reagieren und sorgten dafür, dass für viele Bordellmitarbeiter heute der letzte Arbeitstag war. Trotzdem empfand ich es als ein Wunder, dass wir unverletzt den Ausgang erreichten. »Wir brauchen ein sicheres Versteck«, keuchte ich. Ich hatte immer noch nicht meine Form erreicht. Doch fehlende Trainingseinheiten waren momentan nicht mein einziges Problem. »Ein Transportmittel wäre auch nicht schlecht«, gab Thora zu bedenken. »Wir müssen schnellstens von hier verschwinden.« Ein schwerer Gleiter, dessen Fenster abgedunkelt waren, landete auf der anderen Straßenseite. Vier Männer stiegen aus. Sie waren eindeutig als Leibwächter zu identifizieren, denn sie sicherten die Maschine nach allen vier Seiten ab. Dann entstieg ein fünfter Mann mit versilberten Augengläsern dem Fahrzeug. Er war unverkennbar der Boss des Rudels, denn er trug einen auffälligen und teueren Anzug. Selbst dem Sonnenkönig Ludwig XIV. wäre es nicht möglich gewesen, mehr Souveränität in sein Auftreten zu legen. Sein Gebaren signalisierte Machtbewusstsein gebart mit Arroganz. Das war ein Mensch, der über zuviel Macht verfügte. Warum er eine Sonnenbrille in einer Welt mit künstlichem Licht trug, blieb mir allerdings ein Rätsel. »Es ist besser wenn sie uns nicht sehen«, warnte ich Thora. »Steck deine Waffe unter das Kleid.« Leider war es schon zu spät. Der Mann mit der Sonnenbrille hatte unsere Waffen bemerkt und hielt uns anscheinend für Attentäter. Er bellte einen Befehl woraufhin seine Beschützer ihre Pistolen zückten und ohne Vorwarnung auf uns feuerten. Wir ließen uns fallen und robbten bis zu einer leeren Transportkapsel. Anschließend setzten wir uns aufatmend hinter das Fahrzeug. Währenddessen perforierten die Leibwächter des Brillenmannes das öffentliche Verkehrsmittel. Eigenartigerweise war meine weißblonde Freundin die Ruhe selbst und ignorierte das Dauerfeuer. Nach einer kurzen Zeit des Nachdenkens zog sie das Magazin aus ihrer Waffe und zählte die Patronen. »Was hast du vor?«, fragte ich sie mit steigendem Interesse, denn das Mädchen hatte sich innerhalb weniger Minuten von einem heulenden Bündel Elend in eine gefährliche Amazone verwandelt. Sie antwortete rätselhaft: »Ich will mal sehen, ob ich es noch kann.« Ohne mir eine weitere Erklärung abzugeben, stand sie auf, hielt die Pistole fest mit beiden Händen und gab in schneller Reihenfolge vier Schüsse ab. Die plötzliche Stille danach, sagte mehr als tausend Worte. Lächelnd blies sie einen imaginären Rauch von der Mündung und meinte trocken: »Du kannst jetzt aufstehen. Wir haben ein Fahrzeug.« Das zierliche Ding hatte doch glatt vier Profis umgenietet, und das ohne mit der Wimper zu zucken. So etwas Verrücktes hatte ich während meiner gesamten militärischen Laufbahn nicht erlebt. Nur der Boss der Truppe stand noch und musterte uns mit wild rollenden Augen. »Dann werden wir uns die Kisten mal unter den Nagel reißen«, versuchte ich zu scherzen und lief auf den Gleiter zu. Anstatt sich aus dem Staub zu machen, stand der Brillenträger breitbeinig vor dem Gleiter und giftete: »Das werdet ihr mir büßen. In ein paar Stunden seid ihr Tod und ich werde auf eure Kadaver pissen.« Woher nahm dieser Drecksack nur den Mut, uns so zu beschimpfen. Gehörte er etwa du denen, die sich alles erlauben konnten? Thora betrachtete den Mann mit einem seltsamen Gesichtsausdruck. Sie schien ernsthaft zu überlegen

was sie mit dem Typen machen sollte. Dummerweise grinste sie
der Idiot mit einem herablassenden Lächeln an und drohte dabei:
»Dich werde ich zuerst ficken und hinterher erwürgen.« Diesen
Spruch hätte er sich besser verkneifen sollen. Als Antwort hob
mein Engelschen ihre Knarre an und ballerte dem Kerl genau zwischen die Augen. »So ein Arschloch«, schimpfte sie respektlos und
stieg in den Gleiter. »Was für ein Tag«, brummelte ich vor mich hin
und programmierte in den Autopiloten die Adressen meines Hotels.
Die entspannte Atmosphäre im Foyer, ließ meinen Puls wieder
langsam absinken. Das Hotel war eine Welt für sich. Ich eilte mit
Thora zur Rezeption. Seltsamerweise erwartete uns schon der
Concierge. »Ihre Koffer sind gepackt und in einem Gleiter hinter
dem Hotel verstaut. Für ihre reizende Begleiterin, habe ich eine
sportliche Gardarobe besorgen lassen – Größe 36, wenn ich mich
nicht täusche, auch sie befindet sich in dem Fahrzeug. Hier sind
die Papiere und der Funkschlüssel.« »Woher wissen sie was ich
brauche?« »Die Nachrichtensender in Starcity sind sehr schnell.
Auf allen Kanälen war zu sehen, wie die junge Dame den berüch-
tigtsten Gangsterboss der Weltraumstadt ins Jenseits befördert
hat.« »Ich weiß nicht warum uns mir helfen, vielleicht werde ich
mich eines Tages bei Ihnen revanchieren können.« »Gehört alles
zum Service«, konterte er jovial und winkte einem Pagen, der uns
den Weg zeigen sollte. Auf dem Hotelparkplatz erwartete uns ein
robustes Fahrzeug, dass für eine Flucht geeigneter war als ein Luxusgleiter. »Warum hat uns ihr Chef wirklich geholfen«, fragte ich
den jungen Mann bevor er gehen konnte. »Sie haben das Hotel gerettet. Randy Miller, der Gangsterboss, wollte aus unserem schönen Haus ein Bordell machen und wir hätten alle unseren Arbeits-
platz verloren.«

Ben's Waffenlager

Ich kannte nur einen der Thora und mir jetzt noch helfen konnte – Ben das Genie. Ich aktivierte das kleine Suchgerät, das er mir gegeben hatte, um ihn ausfindig zu machen. Der Tag war nicht meinen Planungen gemäß verlaufen. Ursprünglich wollte ich mir nur, dass von menschlichen Abkömmlingen bewohnte Viertel ansehen. Wie ein Tourist hätte ich mich am bunten Treiben der Bewohner erfreut und wäre abends gut essen gegangen. Doch das Glück war kein zuverlässiger Freund und meine Laune im Eimer. Anstatt gemütlich in einem Himmelbett zu liegen und mir einige Abenteuerfilme anzusehen, war ich mit einer Achtzehnjährigen auf der Flucht vor einer Horde gemeingefährlicher Halsabschneider und musste mich mit dem Gedanken abfinden, dass ein paar fromme Katholiken, meine Schwester auf recht sadistische Weise umbringen wollten. »Ich habe dir heute wohl den ganzen Tag versaut«, begann die Kleine zaghaft ein Gespräch. »Vielleicht war es ja vom Schicksal so vorherbestimmt«, erklärte ich ihr und glaubte doch selbst nicht daran. »Hast du einen Plan oder eine Idee, wie wir den Gangstern entkommen können?« »Das schon. Ob es funktioniert ist aber eine ganz andere Geschichte. Mein rollender Kamerad erwartete uns schon am Eingang seiner Werkzeugkammer. Sie diente ihm gleichzeitig als Behausung. »Du hast dich wohl gelangweilt und versucht mit deiner Freundin Starcity im Alleingang zu erobern«, lästerte er bevor ich den Mund aufmachen konnte. »Du hast also auch die Nachrichten gesehen«, stellte ich fest. »Ihr habt einen verdammten Kleinkrieg angezettelt«, schnarrte er mit einem diabolischen Lächeln. »Stadtverwaltung und organisiertes Verbrechen bilden hier eine Einheit. Die werden alles mobilisieren, um euch zu fassen, sonst verlieren sie ihr Gesicht.« »Die Dualen sind unserer einzige Chance.« »Bist du total übergeschnappt. Warum sollten diese Leute dir helfen. Und außerdem - keiner weiß, wo sich ihr Stützpunkt befindet.« »Du kannst es herausfinden«, warf ich ihm entgegen. »Was springt bei der ganzen Sache für mich heraus?« »Die Silberhäutigen sind im medizinischen Bereich weit fortgeschritten. Sie haben mein halbes Bein ersetzt und sind in der

Lage ganze Körper zu rekonstruieren.« »Und warum sollten sie einem Krüppel wie mir helfen?« »Weil sie ihre Welt aus den Händen des Imperiums befreien wollen und dazu benötigen sie Leute wie uns.« »Ihr lästert die Propheten«, kreischte auf einmal Thora. »Wie könnt' ihr es wagen, euch gegen das Reich zu stellen.« In diesem Moment machte ich ein wahrhaft blödes Gesicht. Fassungslos gaffte ich das Mädchen mit offenem Mund an. »Ich kann deine Wut verstehen«, sagte Ben sanft zu Thora und schaute ihr traurig in die Augen. »Es dauert eine Weile, bis man versteht was passiert ist.« »Wie konnten sie uns nur so verraten und verkaufen«, schluchzte sie plötzlich und Tränen der Wut stiegen ihr in die Augen. »Wir wurden in Sprachen, Literatur und guten Umgangsformen ausgebildet, um angeblich auf anderen Welten das Licht der Propheten zu bringen.« »Stattdessen wurdet ihr auf dem großen Sklavenmarkt von Neu-Medina verkauft«, ergänzte Ben schlicht. »Ja, die Leute behandelten uns wie Vieh. Sie fesselten uns an Händen und Füßen, damit uns die potentiellen Käufer in Ruhe begutachten konnten.« »Hübsche und gut ausgebildete Mädchen bringen auf den galaktischen Sklavenmärkten bis zu einer Million Solax«, führte mein halbmechanischer Freund weiter aus. »Die Nachfrage ist riesengroß und wächst beständig. In den teuren Freudenhäusern erwirtschaften die jungen Frauen innerhalb von vier bis fünf Jahren das Zehnfache ihres Kaufpreises. Für Investoren ein Riesengeschäft.« »Aber auch für die Bonzen«, vermutete ich. »Richtig. Sie verdienen mit dem Verkauf von Sklaven mittlerweile mehr, als mit den Kriegsflotten.« »Woher weißt du soviel darüber?«, wollte Thora verwundert wissen und sie betrachtet Ben mit kindlicher Neugier. »Ich bin ein fahrender Hochleistungscomputer, meine Schöne«, scherzte er mit schwarzem Humor. »Egal was in den Bordellen und Spielcasinos von Starcity passiert, ich erfahre alles. Vor mir ist keine Passwort sicher und ich kann auf alle Rechner der Geheimdienste zugreifen.« »Warum nutzt du dein Wissen nicht?« »Schau mich an. Ich bin ein Arbeitsroboter ohne Persönlichkeitsrechte und gehöre zum Inventar des Spielcasinos. Niemand macht mit einem Ding Geschäfte.« »Dann wird es Zeit aus dem Ding wieder einen Menschen zu machen.« Ich hatte genug von dem Gerede und wollte endlich handeln. »Schon gut, ich machen ja mit«, grummelte er fast widerwillig. »Aber zuerst brauchen wir vernünftige Waffen. Die Bleischleudern könnt ihr wegwerfen.« »Ich habe mich schon gefragt, warum alle in Starcity mit altertümlichen Pistolen herumlaufen.« »Wegen der Glaskuppeln über den Stadtteilen. Das ist eine Stadt im Weltraum, wie soll sie sonst unsere lebensnotwendiges Gasgemisch halten.«»Die sind aus Glas?« wunderte sich meine blonde Amazone. »Es ist ein ähnlicher Werkstoff, allerdings viel leichter und unglaublich Widerstandsfähig. Auch eine aus nächster Nähe abgeschossene Kugel, verursacht nicht den geringsten Kratzer auf dem Material.«»Aber dafür Strahlwaffen«, vermutete sie. »Genau. Mit ihnen kann man Löcher in das Spezialglas brennen, deshalb ist der Besitz und das Tragen solcher Waffen, in fast allen Sternenstädten verboten.«»Und woher kriegst du solche Waffen?«, fragte ich scheinheilig. »Von hier«, grinste Ben hinterhältig. Dann drückte er einen unscheinbaren Knopf an der Konsole seines Arbeitstisches und vor uns setzte sich ein Werkzeugschrank knarrend in Bewegung. Dahinter offenbarte sich ein weiterer Raum.« »Das Versteck hatte sich meine Vorgänger eingerichtet, um gestohlenen Waren zu unterzubringen«, erzählte er belustigt. »Ein einfaches Versteck, das hier kein Mensch vermuten würde.« Mir fiel die Kinnlade herunter, als das Licht im geheimen Raum anging. Fein säuberlich aufgereiht hingen dort die modernsten Waffen, die man für Geld auf dem Schwarzmarkt erwerben konnte. »Das sind Fundstücke, die sich bei mir im Laufe der Zeit angesammelt haben. Du kannst dir nicht vorstellen, was einem Wartungsroboter so alles in die Tentakel fällt.« Mittlerweile bediente sich Thora an der Gardarobe, die ihr der aufmerksame Concierge besorgt hatte. Statt des dünnen Kleidchens trug sie nun robuste Hosen, eine sportliche Bluse und Stiefel.   »Kannst du auch mit Energiegewehren umgehen?«, erkundigte ich mich bei ihr, da der Umgang mit diesen Waffen einiges an technischem Wissen voraussetzte. »Bis zu meinem vierzehnten Lebensjahr nahm ich am Waffenunterricht teil«, strahlte sie voller Stolz, »und ich war die beste in meiner Klasse.« »Wieso wurdest du nicht für das Militär zugelassen?« »Weil sie wie eine Göttin aussieht«, ereiferte sich Ben ungehalten. »Du hast immer noch nicht kapiert, was die Propheten des Allvaters aus uns gemacht haben. Für sie sind wir nur eine Ware.« Murrend musste ich ihm zustimmen. Doch so ganz, war ich noch nicht in der Realität angekommen. Das System der Bonzen war perfekt durchstrukturiert und formte die Persönlichkeit eines Menschen. Was wir als Richtig oder Falsch zu bewerten hatten, stand im „Buch der Wahrheit" und kritisch zu Hinterfragen hatten wir nie gelernt. »Es wird Zeit, dass wir von hier verschwinden.« Ich hatte einen untrüglichen Instinkt für aufkommende Gefahren und fühlte mich in Ben's Werkstatt wie in einer Mausefalle. »Nur noch einen kurzen Moment bitte«, krächzte mein alter Kumpel gestresst. »Ich bin gerade dabei das Casino um eine erkleckliche Summe zu erleichtern. Mein Lohn der letzten Jahre könnte man sagen.« »Und wie hoch fällt dein Lohn aus?« »Einhundert Milliarden Solax.« »Dann warst du bestimmt der teuerste Mitarbeiter aller Zeiten«, lachte ich voll Schadenfreude. »Hast du keine Angst, dass sie den Weg des Geldes verfolgen können?« »Keine Chance«, schmunzelte er, »ein von mir geschriebenes Programm löschte alle Spuren.« »Ich würde mir lieber darüber Sorgen machen, wie wir hier lebend herauskommen«, hörte ich Thora mit ungeheuerer Anspannung in der Stimme sagen. Sie stand an einem kleinen Seitenfenster und schaute auf die Straße. »Was ist los, Kleines?« Mir war sofort klar, dass sich vor der Werkstatt etwas zusammenbraute. »Für uns wird es langsam ungemütlich.« Ich eilte mit zwei langen Schritten zu ihr. »Verdammt, sie hat recht. Da hat jemand ein mächtiges Aufgebot zusammengestellt, um uns zu fassen.« Thora kaute sich nervös an den Fingern. Ängstlich fragte sie: »Wie kommen wir zu unserem Gleiter?« »Wir müssen sie irgendwie ablenken.« In meinen Kopf arbeitete ich schon verschiedene Möglichkeiten durch. »Tragen sie Kampfanzüge«, informierte sich Ben. »Schwarze Monturen mit roten Schriftzeichen drauf. Die kann ich aber nicht identifizieren.« »Das ist Socktu, die Verkehrssprachen in diesem Sektor.« »Und was sind das für Leute?« »Das ist die Polizei von Starcity«, klärte er mich auf. »Die sind bestenfalls dafür geeignet Kleinkriminelle dingfest zu machen. Mit ausgebildeten Raumsoldaten werden die nicht fertig.« »Dann hast du bestimmt schon einen Plan, für ein Ablenkungsmanöver. Wahrscheinlich holographische Doubles, oder ähnliches.« »Nein, viel zu aufwendig«, feixte er boshaft. »Wir machen das auf die ganz altmodischen Tour.« »Da bin ich aber gespannt.« Er rollte in die Waffenkammer und holte aus einer Schublade kleine Gasmasken, dann zog er eine Kiste unter einem Regal hervor und öffnete sie wie einen kostbaren Schatz. »Das sind Tränengasgranaten. Vor zweitausend Jahren setzten die Ordnungskräfte auf der Erde sie gerne gegen Demonstranten ein.«»Was sind Demonstranten«, fragte Thora neugierig. »Leute die mit ihrer Regierung nicht zufrieden waren und das auf der Straße lautstark kundgaben.« »Wie konnten diese Menschen nur gegen ihre Regierungsoberhäupter protestieren?« »Ganz einfach«, antwortete ihr Ben belustigt, »indem sie ihr Gehirn benutzten.« Trotz der bedrohlichen Situation konnte auch ich mir ein Lachen nicht verkneifen. Das war der alte Ben, immer ein loses Mundwerk zum richtigen Zeitpunkt. Meine blonde Amazone bestrafte mich dafür mit einem bösen Blick. »Was willst du den damit«, fragte ich meinen ehemaligen Kameraden verwundert, als er eine Art Miniaturkanone zur Tür schob. »Damit werde ich den Jungs vor der Tür die Tränen in die Augen treiben.« In aller Seelenruhe fütterte er das Ding über einen Stutzen mit den Tränengasgranaten. Kaum war er fertig, da öffnete er die Tür und setzte das Gerät gang. Sich in einem Viertelkreis drehend verschoss das Teil seine Ladung, über die in großer Zahl angetretenen Sicherheitsleute von Starcity. Das Ergebnis war überragend. Verzweifelt rieben sich die Uniformierten ihre Augen, was die Sache nur noch verschlimmerte. Jetzt stellten sie keine Gefahr mehr für uns da. Blitzschnell schoss ich noch drei mit Kameras bewaffnete Flugroboter aus der Luft, dann rannten bzw. rollten wir los. »Hast du dir auch überlegt, wie ich in die Kiste kommen soll?«, ärgerte sich Ben. »Ein Transporter wäre besser gewesen.« »Kein Problem«, beruhigte ich ihn. »Lass mich nur machen.« Mit wenigen Handgriffen löste ich die Halterungen des Rücksitzes und warf das Polster auf die Straße. Nun konnte Ben ohne Schwierigkeiten mit seinem Vehikel, in den flach auf dem Boden stehenden Gleiter rollen. Thora hatte es sich schon mit entsichertem Ballermann auf dem Beifahrersitz gemütlich gemacht. Auf dieses Mädchen konnte man sich verlassen. Ohne Rücksicht auf das Triebwerk beschleunigte ich die Kiste und Ben füttert den Navigator mit den aktuellsten

Daten. Wir mussten durch einen Schacht, in die noch weitgehend unerforschte Unterwelt von Starcity flüchten. Dort, so versicherte mir mein alter Freund, war mit großer Gewissheit der geheime Stützpunkt der Dualen zu finden.

Die Flucht

Wir müssen unbedingt die Hauptverkehrsleitlinie erreichen«, mahnte mich Ben eindringlich. »Zwischen den Gebäuden haben wir keine Chance zu entkommen. Sofort riss ich den Gleiter senkrecht in die Höhe. Mein alter Kamerad stieß einen üblen Fluch aus, denn er war heftig auf das Heckfenster geprallt. »Wenn ich je wieder Beine haben sollte, wirst du der erste sein, der einen gewaltigen Tritt in den Hintern kriegt.« »Immer diese falschen Versprechungen«, konterte ich hämisch. In Wirklichkeit tat mir der arme Kerl leid. Sein rollender Unterbau war nicht für solche Aktionen geeignet. Mit einem gewagten Manöver steuerte ich unseren Gleiter in den engen Fahrzeugstrom der Hauptleitlinie. Einige Verkehrsteilnehmer reagierten mit lautem Hupen auf uns. Wir mussten sie ganz gewaltig geschockt haben. »Wenn wir viel Glück haben, bleiben wir für eine Weile unentdeckt«, ächzte Ben hinter mir. Er hatte sich wieder in aufrechte Position gebracht und begann eine halbtransparente Tastatur mit seinen metallischen Fingern zu bearbeiten. »Ich logge mich gerade in den Hauptrechner von Starcity ein«, erklärte er und beiläufig. »Der Hauptserver beinhaltet eine Datenbank für unerklärliche Phänomene, die muss ich mir näher anschauen.« »Was suchst du jetzt in einer Datenbank für unerklärliche Phänomene. Wir sind auf der Flucht und müssen dringend zu den Dualen gelangen«, regte ich mich auf. »Ich habe zwar keine Arme und keinen Unterkörper mehr, aber mein Gehirn funktioniert noch«, keifte der in einem Roboterkorsett gefangene Mann. »Die Dualen spielen technisch in einer ganz anderen Liga, als die meisten bekannten Völker der Milchstraße. Wenn du ihnen auf die Spur kommen willst, musst du nach ungewöhnlichen Vorkommnissen suchen. Ich kenne mich in dieser verrückten Weltraummetropole aus. Es wird Zeit das du mir vertraust.« »Ich vertraue dir ja«, gestand ich mit gespielter Demut. »Kannst du mir noch einmal verzeihen.« »Nur wenn du mich auf meinen Roboterarsch küsst.« »Wir schweben in Lebensgefahr und ihr blödelt herum«, mokierte sich Thora mit ernster Miene. Sie sah verdammt gut aus und ich hätte sie am liebsten auf der Stelle geküsst. »Ja Kleine, das tun wir«, gestand ich und begann schallend zu lachen. Trotz unserer hohen Geschwindigkeit, dauerte es fast eine halbe Stunde bis wir unser Ziel erreichten. Es war der größte Raumhafen von Starcity. Hier gab es gigantische Schächte, die tief in das Innere der uralten Stadt führten. Mächtige Frachtraumschiffe landeten und starteten im Minutentakt. Passagierschiffe entluden ihre Gäste an beweglichen Terminals, wurden gewartet und nahmen neue Reisende auf. In diesem gigantischen Wirrwarr konnte ein Mensch schnell den Überblick verlieren. »Das müsste passen«, murmelte Ben während er konzentriert auf einen kleinen Monitor starrte. »Ich übertrage jetzt die Daten an das Navigationssystem des Gleiters.« Ich wollte mich gerade zu meinem Freund drehen, als die warnende Stimme von Thora erklang: »Da will uns jemand den Weg versperren.« Vor uns schwebten in der Luft mehr als dreißig Gleiter der Raumhafensicherheit. Nicht schon wieder«, fluchte ich wütend und schaltete den Autopiloten ab. »Ben, versuche dich irgendwo festzuhalten. Die braven Jungs vor uns, in ihren schicken Uniformen mit Sternenbanner auf der Brust, hatten es bestimmt noch nie mit einem Jagdpiloten des Imperiums zu tun gehabt. Heute würden sie ihre erste Lehrstunde in „Fliegen wie ein Wahnsinniger" erhalten. Ich beschleunigte die Maschine mit Höchstwerten und raste direkt auf die Fahrzeuge der Sicherheitsleute zu. Grinsend erkannte ich noch, die vor Schrecken weit aufgerissenen Augen eines Sicherheitsmannes, dann drehte der Gleiter ab und schrammte mit seinem Heck das Dach unseres Gleiters. »Da muss sich garantiert einer die Windeln wechseln«, gluckste Ben vergnügt und genoss sichtlich den wilden Flug. Thoras Gesicht hingegen, hatte die Farbe von frisch gefallenem Schnee angenommen. Ich zog die Maschine in einem Gewaltakt nach unten. In dem unübersichtlichen Hafengelände, mit seinen Verwaltungsgebäuden, Lagerhallen, Containerhalden und Hangars, konnte ein erfahrener Pilot seine Gegner austricksen. Zudem war eine Verfolgungsjagd zwischen startenden und landenden Raumschiffen eine meiner

Spezialitäten, nur das ich normalerweise der Jäger war und eine Jagdmaschine flog. Natürlich zogen die Verfolger sofort nach. Sie wollten ihre Überzahl nutzen. Dachten die wirklich, sie könnten mich ausmanövrieren? In haarsträubend engen Kurven umflog ich startende Raumschiffe und raste durch schmale Containerstraßen. Schwerfälligen Laderobotern, die von allem unberührt ihre Tätigkeit ausübten, wich ich in letzter Sekunde aus. Zum Glück reagierte die Steuerung des neuwertigen Fahrzeugs perfekt, denn kleine Verzögerungen, wie er bei älteren Gleitern durchaus normal war, hätten bei unserer hohen Geschwindigkeit zwangsweise zu einem Unfall geführt. Die Jungs von der Hafensicherheit blieben mir, trotz meiner Kapriolen, dicht auf den Fersen. Sie kannten das Gelände wie ihre Westentasche. Ich brauchte jetzt dringend eine gute Idee, da es sonst für uns eng wurde. Da sah ich in einiger Entfernung ein Lager mit hochexplosiven fossilen Brennstoffen. Es gab tatsächlich noch eine große Anzahl von rückständigen Welten, wo diese Energieform nachgefragt wurde. Schon von weitem waren großflächige Warnschilder zu erkennen, die an stählernen Pfosten prangten und das Überfliegen der Hallen verboten. Jetzt würde sich schnell herausstellen, wer das bessere Nervenkostüm besaß. »Ich ahne was du vorhast«, brüllte Ben von hinten. »Du weißt, du riskierst unser Leben.«»Es ist der beste Weg die Schmeißfliegen loszuwerden.« »Bitte hör auf mit dem Wahnsinn«, heulte Thora angsterfüllt und Tränen schossen in ihre himmelblauen Augen. »Ich möchte noch nicht sterben.« »Das wirst du nicht. Ben hat dummes Zeug geplappert.«Mein ehemaliger Kamerad wusste was er zu tun hatte. Er nahm sich eine Granate aus seinem Waffenarsenal, machte sie scharf und hielt sie aus dem geöffneten linken Fenster. Mit seinem rechten Tentakelarm hielt er sich am Fahrersitz fest. »Nun zeig mir, dass du der verdammt beste Pilot der Scheiß Imperiumsflotte bist«, fluchte er ungewohnt emotional. Der Kerl hatte einen stärkeren Überlebenswillen, als ich gedacht hatte. »Worauf du einen lassen kannst«, konterte ich trocken. Mein Pulsschlag erhöhte sich drastisch und verdeutlichte meine innere Anspannung. »Die Explosion wird ganz Starcity erschüttern und den Hafenbetreibern Milliardenverluste bescheren«, vermutete Ben ernsthaft. »Ich kann nur hoffen, dass sie uns danach nicht in die Hände bekommen.« »Das würde unserer Gesundheit nicht gut bekommen«, pflichtete ich ihm bei. »Dann leg mal los«, forderte er mich energisch auf. Durch einen wilden Zickzackkurs irritierte ich meine Verfolger. Sie durften auf keinen Fall erraten, was wir vorhatten. Sie kamen mir langsam näher und hofften sicherlich auf ein baldiges Ende der Jagd. Ich passte den richtigen Moment ab und riss die Steuerung hart nach rechts. Wie ich es angenommen hatte, folgten uns die Sicherheitsleute des Hafens in ihren blauweißen Gleitern. Wir rasten mit Höchstgeschwindigkeit nur einen Meter über die Hallendächer, mit ihren brisanten Rohstoffen hinweg. »Gleich kannst du werfen«, informierte ich meinen Freund. Sein mit einem Hochleistungsrechner ausgestatteter Robotkörper ermöglichte ihm einen exakt berechneten Abwurf der Miniaturbomben. Präzise warf Ben drei Granaten zwischen zwei Gasbehälter. Das war erstklassige Arbeit. Ich atmete glücklich aus, da brach die Hölle los. Die Druckwelle der Explosion erfasste unser Luftfahrzeug und blies es wie ein welkes Blatt vor sich her. Mit lautem Summen stabilisierte die Automatik den Gleiter. Neugierig blickte ich nach hinten und erkannte mit Schrecken einige heil gebliebene Maschinen der Hafensicherheit. Noch bevor ein Fluch meinen Mund verlassen konnte, erschütterte übergangslos ein zweites gewaltiges „WUMM" den gesamten Raumhafen. Wir hatten die Hölle selbst entfesselt. Ein gnadenloses Inferno aus Hitze und Feuer breitete sich mit rasender Geschwindigkeit aus. Die gewaltige Druckwelle zerlegte alles im Umkreis von einem Kilometer. Mir gelang es in letzter Sekunde unser Fahrzeug hinter einem riesigen Verwaltungskomplex in Sicherheit zu bringen. »Du hast gerade Waren im Wert von mehreren Milliarden Solax zerstört«, erklärte mir Ben beiläufig. »Aber darin hast du ja Übung.« »Darin sind wir Beide ausgebildet worden«, fügte ich zynisch hinzu. Es folgten noch weitere Detonationen, die ihren Vorgängern in nichts nachstanden. Ein stabiles Vordach diente uns als Unterstand und schützte den Gleiter vor herunterprasselten Trümmerstücken. Das kann kein Verfolger überlebt haben«, vermutete ich und versuchte ein Lächeln aufzusetzen. Doch es kam nur ein gequältes Grinsen dabei heraus. Da maulte Ben etwas griesgrämig: Bevor wir ganz Starcity zerstören, sollten wir in dem großen Schacht verschwinden, der nur fünfhundert Meter von hier entfernt ist. Diesem Vorschlag kann ich nur zustimmen.« Ohne Hast startete ich unser Fahrzeug und lies es gemächlich in die Höhe steigen. Dort wo sich einmal das Lager mit den fossilen Rohstoffen befunden hatte, war jetzt ein hässliches, an den Rändern zerfetztes Loch. Die Größe hätte als Einflugsschach für ein Trägerschiff ausgereicht. In der Ferne begann ein wildes Sirenengeheul die Luft mit disharmonischen Klängen zu erfüllen. Während wir in den unheimlichen Schlund einschwebten näherten sich mit schneller Fahrt Feuerwehren und Rettungswagen dem Ort des Unglücks.

In den Tiefen von Starcity

Ed Torres hatte einen gewaltigen Bauchumfang und riesige Hände, mit denen er ungeheuere Mengen von Süßigkeiten in seinen Schlund stopfen konnte. Der mit zweihundert Kilo Gewicht gesegnete Mann, bewegte sich mit der Grazie eines voll gefressen Bären, der sich gerade an einem Bienenstock gelabt hatte. Sanfte braune Augen, die mit naiver Neugier in die Welt zu starren schienen, standen im groben Kontrast zu seinen schmallippigen Mund, der sich des Öfteren obszöner Wörter befleißigte. Überhaupt täuschte der unschuldige Gesichtsausdruck des Mannes, jeden der ihm begegnete. Wie ein gewiefter Politiker, war auch er in der Lage, seine wahren Absichten hinter einer freundlichen Maske zu verbergen. Doch heute war die Freude im Gesicht von Ed Torres echt, denn ein unbekanntes Mädchen hatte seinen ärgsten Widersacher, Randy Miller, und vier seiner Leibwächter mit der Kaltblütigkeit eines Profikillers erledigt. Fliegende Robotkameras von über 500 TV-Stationen, durchforsteten mit schöner Regelmäßigkeit die gesamte Weltraumstadt, auf der Suche nach den neusten Sensationen. Passierte ein Unfall oder wurde jemand auf offener Straße ermordet - immer waren die Robotkameras mit dabei. Prominente wurden ständig von einem ganzen Rudel mobiler Aufnahmegeräte verfolgt und Randy Miller stadtbekannter Lokalpolitiker und Gangster was sich ja nicht unbedingt widersprach, war prominent gewesen. Seine Ermordung, oder besser gesagt, seine Hinrichtung vor laufender Kamera, galt selbst bei den von den Medien verwöhnten

Bewohnern von Starcity als das Ereignis der Saison. Die nächsten Tage würden spannend werden, weil mit dem Tod des Politikers das grazile Machtgefüge im Stadtparlament ins Schwanken geriet. Mit Sicherheit spülten die nächsten Tage neue Gesichter ins gleißende Rampenlicht der Öffentlichkeit. Reporter von Boulevardmagazinen sowie seriöse Berichterstatter spitzten ihre Federn und lagen mit ihren Teams auf Lauer. Jeder wollte bei diesem Rennen die Führung übernehmen und die aktuellsten Nachrichten ergattern. Ein rotes Licht blinkte im Gesichtsfeld von Ed Torres. Genervt aktivierte er mit einer flüchtigen Handbewegung die Kommunikationseinheit an seinem Schreibtisch. Vor ihm erschien das dreidimensionale Abbild von Susan Spears, der amtierenden Regierungschefin von Starcity. Das war höchst ungewöhnlich, da sich die mächtige Dame normalerweise ihrer Lakaien bediente, um mit ihm Kontakt aufzunehmen. Respekt und Ehre oh Gebieterin«, stotterte er verblüfft. Wie kann ich euch zu Diensten sein?« Doch statt einer Begrüßung herrschte sie ihn mit lauter Stimme an: »Habt ihr Stadtrat Miller ermorden lassen? Ed's Unterkiefer fiel nach unten und kalter Schweiß drang durch seine Poren. Ein solcher Vorwurf konnte ihm, trotz seiner hohen Stellung, leicht den Kopf kosten. Verzweifelt keuchte er: »Ich versichere Euch, mit dem scheußlichen Attentat habe ich nichts zu tun.« Ein mephistophelisches Grinsen machte sich auf dem kantigen Gesicht der hageren Dame breit. In Ed's Gehirnwindungen schlugen die Gedanken Salto. Sein ganzer Körper verkrampfte sich vor Angst. »Das hätte ich euch auch nicht zugetraut«, zischte sie nach einer kurzen Pause mit beißendem Sarkasmus und erfreute sich dabei, an der steigenden Unsicherheit ihres Gesprächspartners. »Aber was wollt ihr dann von mir? Eure Hilfe, wenn's recht ist. Aufatmend säuselte der Übergewichtige: »Welcher Art von Hilfe bedürft ihr denn? Ich will, dass die Mörderin von Randy Miller in spätestens 24 Stunden Geschichte ist. Das gleiche gilt natürlich für ihre Begleiter. Euch steht der ganze Polizeiapparat von Starcity zur Verfügung. Was kann da ein kleiner Geschäftsmann wie ich schon ausrichten?, wagte er vorsichtig einzuwenden. »Ihr beleidigt meine Intelligenz«, erregte sich Susan Spears. Wollt ihr nun für mich tätig werden oder nicht? Wie könnte ich euere Bitte abschlagen. Ein vorsichtiges Lächeln huschte über sein Gesicht. Die korrupte Regierung bot skrupellosen Charakteren immer wieder gute Chance sich nach oben zu morden. So gefällt ihr mir schon besser, ätzte sie mit beißendem Spott. Sie war eine gute Beobachterin und bemerkte die kleinste Veränderung in der Miene ihres Gegenübers. Die Verbrecher müssen nicht nur eliminiert werden, sie müssen gänzlich verschwinden – ohne Spuren zu hinterlassen. Warum dieser Aufwand? Möglicherweise handelt es sich bei dem Mann und der jungen Frau, um Agenden des Imperiums. Wenn sie lebend gefasst werden, kann Terra ein Auslieferungsverfahren beantragen, dann müssen wir ihnen die Gefangenen übergeben und sie erhalten die Informationen, die sie wollten. Wir liegen doch außerhalb ihres Einflussbereiches, wunderte sich Ed Torres, »die können gar nichts von uns verlangen. Bei allen gütigen Geistern des Universums, so dumm kann man doch nicht sein, polterte die Regierungschefin geifernd. Wir machen fast 50% unserer Geschäfte mit dem Bonzen-Reich. Wenn wir uns nicht ihren Wünschen fügen, suchen die sich neue Handelspartner. Daran habe ich nicht gedacht, entschuldigte sich der füllige Mann, demonstrativ niedergeschlagen. Deshalb bin ich auch das Oberhaupt dieser Weltraumgemeinde und nicht Sie«, grollte die einflussreiche Dame erzürnt. »Erledigen sie diesen Job mit der gebotenen Eile. Bei Erfolg ist ihnen ein Sitz im Stadtrat sicher. Noch ehe Ed Torres etwas erwidern konnte, unterbrach Susan Spears die Verbindung. Jetzt überzog ein breites und hässliches Grinsen das Gesicht des unbarmherzigen Mannes. Endlich bekam er die Chance, auf die er schon so lange gewartet hatte. Randy Miller war tot – umgenietet von irgendeiner Verrückten – und die mächtigste Frau der Weltraumstadt bot ihm einen Platz im Stadtrat an - wenn es ihm gelang die Killerin auszuschalten. Das war ein Auftrag nach seinem Geschmack, denn Ed war bekannt dafür, jeden Flüchtling in der Metropole zu finden. Er besaß überall Informanten und wusste daher, dass das schießwütige Mädchen, begleitet von einem Mann und einem gestohlenen Wartungsroboter, in die uralte Plattform eingedrungen war. Ed grinste böse. Sollten seine Leute das Mädchen lebend fangen, würde sie eine Weile Leiden müssen, bevor sie sterben durfte.

Sturz in die Tiefe

Wie der monströse Rachen eines gigantischen Weltraumungeheuers verschluckte uns die kreisrunde Öffnung im Boden des Raumhafens. Nach dem grellen Licht auf der Oberfläche, dauerte es eine Weile, bis sich unsere Augen an das Dämmerlicht des metallenen Tunnels gewöhnten. Worauf hatte ich mich da nur eingelassen? Unsere ganze Mission hing an einem seidenen Faden, sollten uns die Dualen nicht Aufnehmen. Je tiefer wir kamen, desto weniger Beleuchtungskörper erhellten die Tunnel. Mit hoher Geschwindigkeit stürzten wir in die düsteren Eingeweide von Starcity. Der Wände des Schachtes schienen auf uns einzustürzen, doch das war eine optische Täuschung. Als Pilot kannte ich das Phänomen. Thora dagegen, kämpfte mit einer Panikattacke, doch sie beherrschte sich hervorragend. Ben hatte das Navigationsgerät unseres Gleiters mit den wenigen bekannten Daten der Unterwelt versorgt und nahm mit seinen optischen Systemen jeden Abzweig auf, an dem wir vorbei kamen. Sein integrierter Rechner konnte so ein dreidimensionales Bild der Tunnel und Schächte machen. Obwohl man schon vor jahrhunderten ein Teil der uralten Anlage untersucht hatte, wagte sich kaum jemand in die tieferen Regionen. Außer Forschergruppen, die nur selten hier anzutreffen waren, unterhielten nur Geheimdienste und das organisiertes Verbrechen gut ausgebaute Schlupflöcher in den Tiefen der Plattform. »Wenn man sich hier verirrt, kommt man nie mehr heraus«, flüsterte Thora furchtsam. Die Angst des Mädchens war fast greifbar. »An so etwas darfst du überhaupt nicht denken. Das vernebelt nur deine Sinne«, versuchte ich sie zu beruhigen, gab ihr aber in Gedanken Recht. »Ihr vergesst, dass ihr mich dabei habt«, schnarrte Ben's Stimme beleidigt hinter uns. »Egal wohin wir gehen, ich habe alles gespeichert.« »Gibt es hier unten überhaupt genug Sauerstoff?«, wollte ich von Ben erfahren und plagte mich schon mit der Vorstellung qualvoll zu ersticken. »Wenn ich meinen Datenbanken glauben darf, dann ja.« »Die Anlagen in der Stadt können doch unmöglich so viel Sauerstoff produzieren«, wunderte ich mich. »Das tun sie auch nicht«, erwiderte Ben mit seiner eigenartig knarrenden Stimme. »Das lebensnotwendige Gasgemisch wird von den uralten Maschinen der Plattform hergestellt.« »Und wer wartet sie?« »Keiner. Das geht schon seit Jahrtausenden so und es funktioniert bestens.« »Wer hat wohl diese Wunderwerke gebaut?«, murmelte ich nachdenklich. Doch war die Frage mehr rhetorischer Natur. Der Schacht, den wir durchflogen, durchmaß bestimmt mehr als hundert Meter. Langsam ermüdeten meine Augen bei dem immer gleichen Anblick und ich musste gähnen. Ein Blick auf Thora zeigte mir, dass sie schon Besuch vom Sandmännchen empfangen hatte, denn sie befand sich bereits im Reich der Träume. »Wir müssen uns irgendwo verstecken, um auszuruhen.« Die Müdigkeit machte mir schwer zu schaffen. »Keine schlechte Idee«, nuschelte Ben, der gerade dabei war die seitliche Verkleidung seines Rollstuhls zu entfernen. »Ich muss sowieso mein Akku aufladen.« Skeptisch fragte ich ihn: »Gibt hier unten überhaupt passende Anschlüsse?« »Keine Ahnung, aber zur Not bastele ich mir welche.« Eine viertel Stunde später steuerten wir in einen Abzweig, der sich zu einer kleinen Halle öffnete. Es war ein passendes Versteck. Vorsichtig bugsierte ich den Gleiter in eine Senke und legte das Triebwerk still. In dem gigantischen Bauwerk, das eine unbekannte Spezies vor einer Ewigkeit errichtet hatte, existierten unzählige Nischen, Räume und Hallen jeder Größe. Hier unten konnte man mühelos ganze Armeen verstecken oder eine eigenen Stadt gründen. Sinn und Zweck dieser eigenartigen Konstruktion entzogen sich jeder logischen Erklärung und es war sehr wahrscheinlich, dass noch ganze Forschergenerationen auf der Suche danach verzweifeln würden. »Ich kann nur hoffen, dass uns deine Freunde helfen«, hörte ich Ben flüstern. »Ohne meine Wartungsgeräte, werden meine inneren Organe in wenigen Tagen versagen.« »Warum hast du das nicht gleich gesagt.« Die Aussage meines Freundes erschütterte mich zutiefst. »Weil du ohne meine Hilfe die Dualen niemals finden wirst.« »...und du die Hoffnung hegst, von den fortschrittlichen Wesen geheilt zu werden«, fügte ich hinzu. Ein schräges Grinsen war seine Antwort. Ich half Ben aus dem Fahrzeug auszusteigen. Zu meinem Erstaunen gelang es ihm mit seinen Tentakelarmen recht gut. Er betrachtete sich die nähere Umgebung recht genau und steuerte dann auf einen Punkt zu. Dort befand sich eine Art Verteilerkasten, an dem er sich zu schaffen machte. »Woher weißt du, wo du suche musst?« »Ich habe die Filme unterschiedlichster Forschergruppen studiert und ihre Ergebnisse gespeichert. Hier fließt überall Energie und an bestimmten Punkten kann man sie anzapfen.« »Pass nur auf das du nicht gegrillt wirst«, lachte ich und machte dabei zitternde Bewegungen. »Du hattest noch nie den Ruf ein guter Humorist zu sein«, konterte er schlagfertig und ohne in der Konzentration bei seiner Arbeit nachzulassen. Es gelang Ben seine Akkus aufzuladen. Ich half ihm noch in das Fahrzeug zurück und versorgte Thora und ihn mit Decken, die wohl zur Notausstattung gehörten. Eine halbe Stunde Schlaf würde mir jetzt gut tun. Mein Körper war immer noch sehr schwach und würde Wochen brauchen bis er wieder in alter Form war. Jetzt bereute ich meine blinde patriotische Arroganz den Dualen gegenüber. Anstatt ihr Angebot anzunehmen, mich noch eine Weile in ihrem grandiosen Fitnesscenter an Bord der Lichtgöttin zu stählen, hatte ich sie verlassen, um wieder meinen Dienst in der Imperiumsflotte aufzunehmen. Wäre ich Idiot doch nur einen Monat länger bei den Silberhäutigen geblieben. Aber meine Selbstvorwürfe halfen mir in der momentanen Situation nicht weiter. In eine warme Decke gehüllt schlief ich auf dem zurückgelegten Fahrersitz binnen weniger Minuten ein.

Die Jagd beginnt

Surka, ruf alle Jungs zusammen. Wir starten eine Suchaktion. Der angesprochenen nickte kurz mit seinem hornigen Echsenkopf. Er stammte aus dem Volk der Kragten, das auf einem Planeten im galaktischen Outback beheimatet war. Sie genossen einen ausgezeichneten Ruf als Söldner und galten als absolut zuverlässige Leibwächter. Obwohl aufrecht gehend, benutzten sie beim Rennen ihre vorderen Gliedmaße und erreichten dabei beeindruckende Geschwindigkeiten. Des Weiteren konnte ihr Geruchssinn mit dem eines irdischen Hundes konkurrieren, was sie als Jäger geradezu prädestinierte. »Auch die Müll-Maden?«, fragte der Echsenabkömmling und blickte dabei mit seinen lidlosen Augen in das aufgeschwemmte Gesicht seines Herrn. »Ja auch dieses Geschmeiß«, fauchte Ed Torres. »Vielleicht benötigen ich die Aasfresser, um unliebsame Zeugen aus dem Weg zu räumen.« »Aber Herr, dass kann ich doch mit meine Jungs besorgen.« Ed, der wusste welche Abneigung die Kragten gegen die Müll-Maden hegten, war viel zu Aufgeregt, um sich jetzt auf eine Diskussion mit seinem Leibwächter einzulassen. Daher grollte er mit mühsam unterdrücktem Zorn: »Keiner kann eine Leiche schneller entsorgen als die Müll-Maden. Nun reiß dich zusammen und bringe mir ein Rudel dieser weißhäutigen Stinker.« Gedrückt verließ Surka das Büro. Er freute sich auf die Jagd, aber die widerwärtig stinkenden Aasfresser, die jedem Kampf aus dem Wege gingen, waren dem Leibwächter zutiefst suspekt. Eine Stunde später hatte Ed Torres, über hundert seiner besten Leute und mehrere Müll-Maden, am dreihundert Meter hohen Verwaltungsturm des zentralen Raumhafens versammelt. Die meisten von ihnen trugen Atemmasken, denn dort, wo sich das große Lager für fossile Brennstoffen befunden hatte, brannte es noch immer lichterloh. Auf den großflächigen Fenstern des Bürogebäudes hatte sich öliger ein Film abgesetzt, der dem Reinigungspersonal noch eine Menge Arbeit bereiten würde. Behäbig trieben fette Qualmwolken über die Landeflächen und Lager des galaktischen Verkehrsknotenpunktes und verhinderten Sichtflüge von Transportern. Etliche, in der Nähe des Unglücksortes stehende Frachter, waren beschädigt worden und musste von Reparaturtrupps wieder instand gesetzt werden. Es herrschte eine düstere und unwirkliche Stimmung, die an einen Krieg erinnerte. Etwas abseits von der eigentlichen Suchmannschaft, standen eng zusammengedrängt, die hochintelligenten Müll-Maden. Sie ähnelten irdischen Raupen, gingen aber aufrecht und erreichten im Durchschnitt eine Körpergröße von drei Metern. Mit sechs Handlungsarmen, die in äußerst beweglichen Klauenhänden endeten, konnten sie mehrere Tätigkeiten gleichzeitig ausführen. Im Allgemeinen mieden sie die Gegenwart von Humanoiden und anderen Rassen, galten als Wortkarg und redeten nur, wenn sie angesprochen wurden. Keiner in Starcity wusste von woher dieses seltsame Volk stammte, das sich fast ausschließlich von Abfällen und Aas ernährte. Das organisierte Verbrechen bediente sicher gerne ihrer Dienste, da sie eine menschliche Leiche binnen weniger Minuten vollständig und ohne Spuren zu hinterlassen, auffressen konnten. Zudem konnten sich die Gangster auf die absolute Verschwiegenheit der schüchternen Wesen verlassen. Im krassen Gegensatz zu den scheuen Müll-Maden standen die Kragten. Die extrovertierten Echsenabkömmlinge entstammten einer kriegerischen Rasse und kleideten sich entsprechend martialisch. An Armen und Beinen trugen sie mit vorliebe massive Bänder aus Gold und Silber, während sie die Nase gerne mit Ringen aus Platin bestückten. Auf Schuhwerk verzichteten sie, da aus ihren Zehen stahlharte Krallen wuchsen, die im Kampf für jeden Gegner eine große Gefahr bedeuteten. Bedingt durch ihre lederartige Haut, war es fast unmöglich sie mit normalen Waffen zu verwunden. Des Weiteren vertrugen sie extreme Hitze, was nicht verwunderlich war, da ihre Heimatwelt eine Durchschnitttemperatur von 30°C aufwies. Probleme bekam ihr Metabolismus nur bei Minustemperaturen, was in einer wohltemperierten Weltraumstadt jedoch keine Rolle spielte. Ihre Oberkörper waren in handgeschmiedeten Kettenhemden gehüllt, während das Geschlecht lediglich ein knapper Lendenschurz verbarg. Die Rückseite verlängerte ein beweglicher Stummelschwanz, der mit einem Horn aus Knochen bewehrt war. Zu ihrer traditionellen Ausstattung gehörten unterarmlange Messer sowie diversen Schusswaffen. Insgesamt boten sie einen furchteinflößenden Anblick. Normale Menschen waren den mit titanischen Kräften ausgestatteten Kragten im Nahkampf hoffnungslos unterlegen und gingen Streitereien mit den leicht reizbaren Kreaturen aus dem Weg. Das war einer der Gründe, weshalb die Unterwelt sie gerne als Geldeintreiber oder Leibwächter einsetzte. Ein weiterer Grund für ihre Beliebtheit bei den Bossen, war ihre Treue und absolute Zuverlässigkeit. Gaben die Echsen ein Versprechen oder schworen sie einen Eid, hielten sie sich immer daran, auch wenn sie dafür ihr Leben opfern mussten. Dennoch hatten die kriegerischen Kraftprotze einen entscheidenden Nachteil – sie waren recht einfach strukturiert. Adrian Korg, ein hochintelligenter und gefühlskalter Mann, galt als rechte Hand von Ed Torres. Er war schlank, hochgewachsen und trug eine Glatze, da er Friseure hasste. In seiner Nachbarschaft kannte man in, als freundlichen und umgängliche Menschen. Stets korrekt gekleidet - er bevorzugte modische aber dezente Anzüge - hielten ihn die Leute für einen Mitarbeiter der Administration. Es fiel ihm nicht schwer, diese Tarnung aufrechtzuhalten. Dank seiner Position, als Stellvertreter von Es Torres, war es dem emotionalen Analphabeten möglich, seine kranken Phantasien auszuleben. Sein zwielichtiger Arbeitgeber besaß beste Kontakte zur Sicherheit und konnte ihn vor jeglicher Strafverfolgung schützen. Heute erwartete ihn eine schwierige Aufgabe. Er sollte die Jagd auf ein ungewöhnliches Trio leiten. Akribisch hatte er sich alle Informationen besorgt, die er erhalten konnte. Trotz seiner gut ausgerüsteten Truppe, unterschätzte er keineswegs die Flüchtlinge. Ein Mädchen, das ohne mit der Wimper zu zucken, vier professionelle Leibwächter umgenietet hatte, würde sich nicht ohne Gegenwehr einfangen lassen. Den Hünen, der die junge Frau bekleidete, konnte er nur schwer einordnen. Das makellose Gesicht und der teure Anzug passten zu einem verwöhnten Dandy der das Abenteuer suchte, sein Auftreten allerdings, war dass eines professionellen Söldners. Mit erstaunlicher Leichtigkeit wuchtete Ed Torres seinen schweren Körper auf eine Kiste und blickte streng auf seine Untergebenen. Leute, die zu seiner Organisation gehörten, bekamen das zehnfache jährliche Salär eines Beamten der Stadtadministration und standen unter seinem persönlichen Schutz. Im Gegenzug verlangte er uneingeschränkte Loyalität und die widerspruchslose Ausführung seiner

Befehle. Trotz seiner Großzügigkeit, war der korpulente Mann gnadenlos, wenn er hintergangen wurde oder jemand Verrat ausübte. Solche Mitarbeiter pflegten als Maden-Futter zu enden. »Wie euch aus den Medien bekannt sein dürfte, sind die Mörder von Stadtrat Randy Miller, in die Plattform geflüchtet. Bei ihnen ist ein gestohlener Hybrid, vom dem wir nicht wissen, ob sie ihn schon umprogrammiert haben. Es ist egal wie weit oder wie tief sie dort eindringen, den Nasen der Kragten werden sie nicht entgehen.« Ein zustimmendes Gejohle der Echsen, unterbrach für einen Moment seine Ansprache. Er nickte ihnen wohlwollend zu, da er wusste, wie sehr diese Wesen nach Annerkennung hechelten. »Wenn die Mission zu meiner Zufriedenheit verläuft – wovon ich ausgehe – erhält jeder von euch eine Bonuszahlung von Zehntausend Solax.« Seine Rede verfehlte nicht ihre Wirkung. Die Aussicht auf eine Sonderzahlung begeisterte die Männer. Wenn Ed Torres etwas versprach, dann hielt er Wort, dafür war er bekannt. Mit huldvollem Lächeln verließ er die Leute und bestieg seinen Gleiter. Er wollte gemeinsam mit dem Polizeichef, der am großen Schacht auf ihn wartete, die Aktion überwachen. Nur wenig später brachte das Dröhnen schwerer Gleitermotoren den Boden vor dem Verwaltungsturm zum vibrieren. Behäbig setzte sich die Kolonne mit den Suchmannschaften in Bewegung. Im Führungsfahrzeug saß Adrian Korg gemeinsam mit vier Kragten, deren hochempfindlichen Nasen die Fährte der Flüchtlinge aufnehmen sollten. Die anwesenden Polizisten betrachteten mit sichtbarem Neid die aufgemotzten Transportgleiter der Konkurrenz. An den seitlichen Panzerungen und den Drehkanzeln, auf den Dächern der Fahrzeuge, erkannte man ihre militärische Herkunft. Ed Torres hatte sie mit großkalibrigen Maschinengewehren bestückten lassen, die er für viel Geld auf dem Schwarzmarkt erworben hatte. Die Müll-Maden waren separat in einer unförmigen Lastenmaschine untergebracht worden. Sie wurden von Menschen und Kragten gleichermaßen wegen ihrer Lebensweise verachtet. Adrian Korg waren solche Gefühlsregungen fremd. Dank der großen Raupen war Starcity eine saubere Metropole, die keinen Schmutz oder gar Epidemien kannte, die durch Krankheitserreger ausgelöst wurde. Ob Lebensmittelreste, verendete Haustiere oder Leichen intelligenter Lebewesen, die Müll-Maden fraßen alles und hinterließen keinerlei Spuren. Mittlerweile bauten Techniker am Rande des Raumhafens gigantische Luftreinigungsanlagen auf, da der dichte Qualm der brennenden Lager den Flugverkehr behinderte. Kopfschüttelnd betrachteten die Fachleute, die Zerstörungen auf dem Landefeld. Bisher hatte es noch nie eine Katastrophe solchen Ausmaßes gegeben. Schwerbewaffnete Sicherheitskräfte patrouillierten auf dem Areal und suchten nach weiteren möglichen Attentätern. Der Einflugschacht in die eigentliche Plattform war von Polizeieinheiten der Administration umstellt. Der beleibte Polizeichef war höchstpersönlich vor Ort und empfing Ed Torres, der gerade mit seinem Luxusgleiter angekommen war, wie einen alten Freund. Mit gutem politischem Instinkt ausgestattet, hatte er stets den richtigen „Arsch" geküsst, um Karriere zu machen und hier stand schon der nächste bereit. »Wurden alle Eingänge in die Unterstadt gesichert?«, fragte Ed, wie beiläufig den Polizeichef. »Sofort nach Bekannt werden der Katastrophe.« »Möglicherweise brauchen wir Verstärkung durch ihre Leute, dann sollten sie sich bereithalten«, informierte er ihn. Unterwürfig ereiferte sich der rundliche Beamte: »Ich habe zehntausend Mann abrufbereit in den Polizeikasernen. Sie stehen ihnen jederzeit zur Verfügung.« »Guter Mann«, lobte Ed Torres den ranghohen Polizisten. »Ich werde mich bei gegebener Zeit erkenntlich zeigen.« Die feinen Nasen der Kragten konnten kleinste Geruchsmoleküle in der Luft wahrnehmen. Bei langsamen Tempo und geöffneten Seitenfenstern nahmen die Echsen Witterung auf. Trotz ihres beschränkten Intellekts, waren sie hervorragende Jäger, die fast immer ihre Beute fanden. Nach kurzer Zeit schlugen sie Alarm. Sie hatten die Witterung aufgenommen. »Die Flüchtlinge sind ganz in der Nähe«, grunzte Surka zufrieden. »Jetzt können sie uns nicht mehr entkommen.« »Abwarten«, zischte Adrian Korg leise. »Das sind keine Anfänger, die sich so einfach überrumpeln lassen.« »Die Menschenwesen werden uns nicht entkommen«, grummelte der Kragte verächtlich. »Keine kann es im Kampf mit uns aufnehmen.« Der Stellvertreter von Ed Torres verkniff sich eine Antwort. Er teilte die Leute ein, und mahnte sie zur Vorsicht und schickte sie in verschiedene Sektoren der Unterstadt. Hier gab es tausende Gänge, Flure und gigantischer Schächte, die er auch mit seinen Männern nicht vollständig kontrollieren konnte. Doch Adrian fürchtete noch eine weitere Option, die er nicht ausschließen konnte. Möglicherweise hatten die Gesuchten Fallen für etwaige Verfolger vorbereitet.

Zu lange geschlafen!

Mit einem Ruck wachte ich auf. Alle meine Sinne waren auf Alarm gestellt. Ich blickte auf meine Uhr und stellte mit Erschrecken fest, das ich zwei Stunden geschlafen hatte. Auf meine innere Uhr war kein Verlass mehr, denn ich wollte eigentlich nur dreißig Minuten im Reich der Träume verweilen. Thora lag eingerollt in ihrer Decke auf dem Beifahrersitz. Ihr Atem ging ruhig und gleichmäßig. Sie sah wie ein Engel aus, der gerade vom Himmel gefallen war. Ben dagegen, schnarchte mit der Lautstärke eines mittelschweren Panzerwagens. Sein Kopf war nach vorne gebeugt und aus seinem Mund schienen lautlose Schreie zu dringen. Eine gepeinigte Seele, die der Welt ihr Leid klagte. Die groteske Gestalt machte einen bemitleidenswerten Eindruck. Vorsichtig rüttelte ich an seiner Schulter. »Sichert die Stellung. Der Feind plant einen Gegenangriff«, stöhnte der Schlafende mit zuckendem Mund. »Wach auf, Ben, du bist in Sicherheit.« Er riss die Augen auf und starrte mich einen Augenblick verwirrt an. Übergangslos klärte sich sein Blick und er murmelte entschuldigend: »Alpträume, sie plagen mich schon seit Jahren.« »Dann sind wir schon zwei«, scherzte ich mit schiefem Lächeln. »Was ist passiert?«, meldete sich Thora mit dünnem Stimmchen, während sie sich ausgiebig streckte. »Unsere Ruhepause ist zu lange ausgefallen und mein Gefühl sagt mir, dass wir uns in Gefahr befinden.« Ben fuhr der Schrecken sichtlich in die metallenen Glieder. Haltlos fluchte er: »Beim Arsch der furzenden Lavagöttin. Wir haben uns wie naive Anfänger benommen.« »Aber dieses Versteck ist doch perfekt«, wunderte sich das Mädchen. »Man bräuchte schon eine ganze Armee, um uns hier zu finden.« »Wenn es sich dabei nur um menschliche Verfolger handeln würde, hättest du Recht« ereiferte sich mein alter Kamerad wütend. »Wer sollte und denn noch verfolgen«, fragte sie mit sichtlichem Erstaunen. Er holte tief Luft und schloss die Augen für einen Moment. Dann rezitierte er langsam, jedes einzelne Wort betonend: »Nur zu deiner Information. In Starcity gibt es Kragten. Das sind intelligente Echsen, deren Nasen keinen Vergleich mit denen der legendären Schäferhunde von Terra zu scheuen brauchen. Die haben bisher noch jeden gefunden.« »Gibt es keine Möglichkeit ihnen zu entkommen?« Übellaunig polterte Ben: »Mit Parfüm oder ähnlichem kann man ihre empfindlichen Riechorgane irritieren. Aber leider habe ich gerade kein Duftwasser zur Hand.« »Aber ich«, lächelte Thora verschmitzt und zog ein kleines Fläschchen aus einer Tasche, die sie bei sich trug. »Damit sollte ich mich parfümieren, um der Kundschaft besser zu gefallen.« Bevor ich ihr antworten konnte brüllte Ben erschrocken: »Verdammt, sie haben uns schon gefunden.« Vor dem Fahrzeug stand plötzlich eine Miniaturausführung von Godzilla und grinste uns diabolisch an. Fast spielerisch schwenkte er eine schwere Maschinenkanone in unserer Richtung. Mit eigenartig grunzender Stimme befahl er: »Raus aus der Kiste, aber ohne Waffen.« Die Echse war tatsächlich so blöde wie sie aussah. Ohne zu zögern startete ich den Gleiter und beschleunigte mit maximalen Werten. Der muskulöse Saurierabkömmling vor uns, schrie erschrocken auf, konnte aber nicht mehr rechtzeitig zur Seite springen. Das hässliche Geräusch berstender Knochen war bis in das Fahrzeuginnere zu hören. »Jetzt hast du die ganze Sippschaft des Kragten am Hals«, bemerkte Ben beiläufig. »Da werde ich aber noch viel Spaß haben«, spottete ich mit bösem Grinsen und flog in wildem Zickzackkurs durch ein Gewirr von Trägern und Leitungen. »Schau mal, da vorne«, rief Thora aufgeregt. Ich unterdrückte mühsam einen üblen Fluch. Das Schicksal zeigte uns gerade einen dicken Sinkefinger, denn vor uns entleerte ein militärisch ausgestatteter Transporter eine ganze Gruppe wilder Kampf-Echsen. »Man kann es mit dem Spaß auch übertreiben«, hauchte sie tonlos. »Leider hast du Recht«, quetschte ich zwischen meinen Zähnen hervor. »Halte dich gut fest.« Ohne das Tempo der Maschine zu mildern raste ich auf die knorrigen Wesen zu. Sie waren dabei routinemäßig ihre Waffen zu überprüfen und achteten daher kaum auf ihre Umgebung. Als sie uns bemerkten war es schon zu spät. Wie ein gigantisches Geschoss durchpflügte unser Fahrzeug die

Anwesenden. Zwei der unfreundlichen Kreaturen, wurden auf der Stelle getötet. Ich musste abbremsen, um nicht gegen die nächste Wand zu krachen. Sofort stürzten sich die Unverletzten mit wildem Geheul auf unser Vehikel. Bestürzt erkannte ich, dass diese Viecher extrem widerstandsfähig waren, denn kurz darauf beteiligten sich auch die Leichtverletzten an dem Angriff. Ihre Wut schien grenzenlos zu sein. Mühelos bohrten sich ihre stahlharten Krallen in das Blech, wobei sie ganze Flächen herausrissen. Sie stießen grollende Laute aus und fletschten wie tollwütige Hunde ihre spitzen Zähne. Thora begann haltlos zu wimmern und zitterte am ganzen Leib. Mich konnten die groben Kerle mit ihrem unbeherrschten Gehabe nicht beeindrucken. Jahrelanges Training und knallharte Kampfeinsätze hatten mich diesbezüglich abgehärtet. »Tue endlich was, sonst dringen sie noch ins Fahrzeug ein«, schrie Ben entsetzt. Er hielt sich verzweifelt mit seinen metallenen Greifer an den Sitzen fest. »Wie wäre es mit einem Karussell?«, fragte ich ihn ohne eine Antwort zu erwarten. Fassungslos tobte mein halbrobotischer Freund: »Jetzt fängt der schon zu spinnen an.« Mein alter Kumpel irrte sich gewaltig. Ich wusste genau was ich tat. Erst langsam, dann immer schneller werdend, versetzte ich den Gleiter in eine Drehbewegung. Verdutzt und mit fragenden Blicken starrten mich, die mit Kettenhemden bekleideten Kragten an. Die Natur hatte sie wirklich nicht mit viel Verstand gesegnet, was uns zum Vorteil gereichte. Mit frechem Grinsen winkte ich ihnen zu. Das verstanden sie nun überhaupt nicht. Ich konnte sehen wie ihre Augen immer größer wurden, was sie komisch aussehen ließ. Trotzdem empfand ich kein Mitleid mit diesen mörderischen Biestern. Anstatt rechtzeitig abzuspringen, vertrauten sie auf ihre unglaublichen Kräfte und stießen ihre Krallen noch tiefer in die Hülle der Flugmaschine. Ich war schon voller Vorfreude, auf die Show, die sie uns bieten würden. Man sah schließlich nicht jeden Tag fliegende Kröten. Plötzlich streifte mich etwas Warmes und Glitschiges am Hals. Schnell drehte ich mich um, da mich die Herkunft der seltsamen Substanz interessierte. Das war ein Fehler, denn augenblicklich traf mich die volle Wucht von Ben's Erbrochenem im Gesicht. Sofort wischte ich mir die Essenreste aus den Augen. Das hatte mir gerade noch gefehlt. Zeit zum Ekeln hatte ich nicht, das konnte ich später nachholen – falls wir den heutigen Tag überleben sollten. Kurz schaute ich zur Seite. Das schöne Gesicht meiner blonden Landsmännin war schneeweiß und ihre Kleidung war von ihrem Mageninhalt besudelt. Auch bei ihr zeigte die Rotation ihre Wirkung. Leider konnte ich dem Blauäuglein nicht helfen, ich hatte genug mit der Steuerung zu tun. Es dauerte nicht lange und die Fliehkraft forderte ihr erstes Opfer. Mit komisch verzehrter Fratze verließ uns ein Echsenkrieger mit hoher Beschleunigung und nahm dabei ein Stück der Außenhülle mit. Sein Flug war kurz und die Landung hart. Um ihn zu Bestatten würde ihn seine Sippe wohl von der Wand kratzen müssen. In kurzen Abständen folgten ihm seine Kollegen. Die geifernden Mäuler weit aufgerissen flogen sie in alle (hier nicht vorhandenen) Himmelrichtungen. »Du bist wirklich erstaunliche«, frotzelte Ben ätzend. »Aus der Not heraus entwickelst du einen innovativen Kampfstiel, der es Wert ist, in die Geschichtsbücher einzugehen und andererseits kannst du erbärmlich naiv sein.« »Im Abmurksen war ich schon immer Klassenbester«, lachte ich sarkastisch. Leicht gereizt meldete sich Thora zu Wort: »Es wäre vernünftiger, uns schleunigst aus dem Staub zu machen. Hier gibt es bestimmt noch mehr von diesen Biestern.« Wie Recht die Kleine hatte, sah ich in einem Seitenspiegel. Ein gepanzerte Transporter raste auf uns zu. Auf dem Dach des Fahrzeugs befand sich eine Drehkanzel, die mit einer gewaltigen Maschinenkanone bestückt war. Der Schütze eröffnete ohne Vorwarnung das Feuer. »Die haben uns gleich am Arsch«, jammerte Ben schrill und versuchte seinen Kopf einzuziehen. »Jetzt hab dich nicht so«, schimpfte ich. »Wir haben früher schon schlimmere Situationen überlebt. »Da hatte ich auch noch Arme und Beine«, klärte er mich wütend auf. »Dann hole Verdammt noch Mal, dass Beste aus dir raus«, wies ich ihn zurecht. »Unsere Verfolger werden auf deine Behinderung keine Rücksicht nehmen.« Pfeifend durchschlug eine Kugel aus Hartkeramik die Heckscheibe und verließ die Fahrgastzelle aus dem Beifahrerfenster. Das war knapp. Ohne zu wissen in welche Richtung wir mussten, bog ich in den nächsten Haupttunnel ein. Ben, wohin müssen wir?« »Einen Moment bitte, muss mich zuerst in die Datenbank einloggen.« Thora hatte sich einen Waffenkoffer von Ben geschnappt, in dem sich ein tragbarer Raketenwerfer befand. Mit wenigen Handgriffen baute sie die Waffe zusammen und bestückte sie gleich mit der passenden Munition. »Wo hast du das gelernt?«, wollte ich verwundert wissen. »Du warst doch auf keiner Militärakademie.« »Dritte Klasse Grundschule«, antwortete sie, ohne bei ihrer Arbeit innezuhalten. Kopfschüttelnd brummte ich: »Die fangen immer früher an, die Kinder als Soldaten auszubilden.« »Kindersoldaten haben sich zu einem lukrativen Geschäft für Terra entwickelt«, klärte mich Ben auf. »Sie erfreuen sich auch als Attentäter größter Beliebtheit.« Säuerlich versuchte ich zu intervenieren: »Ich kann kaum glauben, das die Propheten des Allvaters davon Kenntnis haben.« »So doof kann man doch überhaupt nicht sein«, regte sich der Kerl auf. »Der erkennt die Wahrheit nicht einmal, wenn sie vor ihm steht und ihm ins Gesicht schlägt.« »Ich kann mir auch nicht vorstellen, dass die Bonzen zu solchen Schandtaten fähig sind«, meldete sich Thora unerwartet zu Wort. »Wir sollten für ihre Großzügigkeit dankbar sein, denn sie geben uns Nahrung, Kleidung und jeder bekommt eine erstklassige Ausbildung.« »Und wer hat dich auf dem Sklavenmarkt verkauft?«, fragte Ben bissig, das sichtlich verunsicherte Mädchen. »D..d..das wird sich bestimm aufklären«, stotterte sie irritiert und wich beschämt seinen Blicken aus. Sofort lästerte Ben gehässig weiter: »Sprach der unschuldige Delinquent zu seinem Henker, kurz bevor da Fallbeil fiel.« »Ich weiß immer noch nicht in welche Richtung wir müssen«, klagte ich zornig, denn das alberne Streitgespräch begann mich zu nerven. »Immer geradeaus«, zischte er beleidigt. Kaum hatte er zu Ende gesprochen, als ein gepanzerter Transporter aus einem Seitentunnel auftauchte. Schnell bremste ich ab, um das Fahrzeug zu wenden. Doch auch hinter uns erschien ein Verfolger. »Könntest du den Gleiter zu stehen bringen?«, bat mich die Kleine. Ich tat, worum sie mich gebeten hatten. Nur wenige Sekunden später schwebten wir bewegungslos im Tunnel. Auch unsere Gegner brachten ihre Fahrzeuge zum Stillstand. Thora öffnete das Seitenfester und brachte den Raketenwerfer in Stellung. Geschickt bestückte sie die Waffe mit der entsprechenden Munition. Ich bewunderte ihre professionelle Vorgehensweise. Sie betätigte den Auslöser woraufhin mit einem geräuschvollen Zischen eine Rakete das Rohr verließ. Ohne das Ergebnis abzuwarten, drehte das Mädchen das Gerät herum und zielte auf den zweiten Transporter. Wieder ertönte das charakteristische Zischen des chemischen Treibstoffs. Präzise der eilte der todbringenden Flugkörper seinem Ziel entgegen. Eine erste ohrenbetäubende Detonation zerriss die Stille, der unermesslich alten Anlage. Die Druckwelle machte uns ganz schön zu schaffen. Kurz darauf erfolgte die zweite Explosion, die noch gewaltiger war als die erste. Sie musste Sprengkörper dabei gehabt haben. Der Druckwelle folgte ein mächtiger Feuerball, der uns zu vernichten drohte. Wir drückten uns so tief wie möglich in die Sitze und hofften, dass uns das Inferno verschonen möge. Die Hitze brachte den Lack unseres ehemals glänzenden Gleiters zum Schmelzen. Im Fahrgastraum wurde es unerträglich heiß und ich fürchtete um das schöne Haupthaar meiner jungen Amazone. Schlagartig öffneten sich meine Poren und ich drohte in meinem eigenen Schweiß zu ertrinken. Doch das Glück war uns hold. »Das war eng«, stöhnte Ben andächtig. »Ich habe gerade den Sensemann gesehen.« Sofort zog Thora ihre Pistole und drohte: »Den erwisch ich auch noch.« Ben und ich schauten uns sprachlos in die Augen, dann lachten wir schallend los. Nur Thora konnte mit unserer spontanen Heiterkeit nichts anfangen. Eingeschnappt maulte sie: »Was bitteschön, ist daran so lächerlich.« Das gab uns den Rest. Wie zwei Verrückte wieherten wir los. Ich klopfte mir grölend auf die Schenkel und musste husten, da ich mich verschluckt hatte. Das beleidigte Gesicht der zarten Elfe tat sein übriges dazu. »Der Begriff Sensemann«, erklärte ich ihr glucksend, »ist ein Synonym für den Tod.« Eingeschnappt nölte sie: »So etwas lernt man nicht in der Schule.« »Sei uns bitte nicht böse, mein Engelchen«, versuchte ich sie zu beschwichtigen. »Aber irgendwie muss sich ja der Stress der letzten Stunden entladen.« Schmollend blickte sie mit verschränkten Armen nach vorne. Wie lange würde sie wohl ihr Schweigen aushalten, fragte ich mich im Stillen? Grinsend setzte ich den Gleiter in Bewegung. Wir waren wirklich ein schräges Trio. »Das war bestimmt noch nicht alles«, vermutete Ben. »Bisher hatten wir Glück, das kann sich aber schnell ändern.« »Ich weiß, mein Freund. Ohne deinen Raketenwerfer und Thoras schnelles Handeln hätten sie uns jetzt geschnappt.« Immer tiefer stießen wir in das stählerne Labyrinth. In mir begann die vage Hoffnung zu keimen, unseren Häschern entkommen zu sein. Doch mein ehemaliger Kamerad machte einen beunruhigten Eindruck. Nervös musterte er die Umgebung. »Wir hatten bisher verdammtes Glück«, nuschelte er fast unhörbar. »Ihrer nächsten Falle werden wir bestimmt nicht so leicht entkommen.« »Nun sei doch nicht so pessimistisch«, ärgerte ich mich. »Wir sind bisher ganz gut mit ihnen fertig geworden.« »Der Gleiter ist übel zugerichtet, Magnus. Wenn der ausfällt, sind wir im Arsch oder willst du etwa zu Fuß, in diesem Irrgarten, nach den Dualen suchen?«

Ein Übel kommt selten allein!

Verstört blickte Adrian Korg auf die Überreste der Kragten. Manche von ihnen waren regelrecht zerquetscht worden. Eine unmenschliche Kraft hatte fünf der stattlichen Totschläger mit solcher Wucht gegen die Wände der Verteilerhalle geworfen, dass ihre Eingeweide noch immer daran klebten. Ihm war keine Waffe bekannt, die eine solche Wirkung erzielen konnte. Obwohl die Echsenabkömmlinge nicht unbedingt als Intelligenzbestien bekannt waren, galten sie doch als hervorragende Kämpfer, die sich in unterschiedlichen Situationen zu behaupten wussten. Hier aber, war etwas geschehen, was über das Vorstellungsvermögen des intelligenten Psychopaten weit hinausging. Er kannte kein Mitleid mit den primitiven Wesen von einem Wüstenplaneten aus dem Outback, sah in ihnen aber nützliche Werkzeuge, deren absolute Loyalität er zu schätzen wusste. Sein aktueller Herr und Meister, Ed Torres, würde nicht sonderlich erfreut auf den Tod dieser Kreaturen reagieren, hatte er sie doch vor einigen Jahren für viel Geld in die Weltraumstadt bringen lassen. Seine Gedanken wurden unterbrochen als Surka pathetisch krakeelte: »Der Tod meiner heldenhaften Nestbrüder wird nicht ungesühnt bleiben. Wir werden die frevelhaften Mörder jagen und sie für ihr ruchloses Verbrechen tausend Qualen erleiden lassen.« »Dein Geschwätz wird die Flüchtlinge nicht sonderlich beeindrucken«, bemerkte der Mann mit der Glatze trocken. »Wie es aussieht, haben drei schwächliche Warmblüter eine ganze Horde kampferprobter Nestbrüder zerlegt.« Er hatte den Kragten zutiefst beleidigt, doch das war dem Stellvertreter von Ed Torres ziemlich egal. Auf Gefühle andere Lebewesen Rücksicht zu nehmen, war eine Kunst, die er sowieso nicht gut beherrschte. »Wir müssen die Toten bergen, um sie später Bestatten zu können«, wandte sich Surka an Adrian Korg. »Es besteht sonst die Gefahr, dass die Leichen von den Müll-Maden gefressen werden.« »Für diesen Unsinn habe wir jetzt keine Zeit.« Der gefühlskalte Anzugträger bedachte den Kragten-Führer mit einem verächtlichen Blick. »Ed Torres lässt uns alle in heißem Öl sieden, wenn wir der Flüchtlinge in den nächsten Stunden nicht habhaft werden.« »Es geht hier um die Seelen der Verstorbenen«, versuchte Surka mit traurigen Augen einzuwenden. Die Reptilien-Söldner waren für ihre aufwendigen Totenfeiern bekannt, die oft über mehrere Tage gingen. »Still jetzt!«, zischte Adrian Korg böse. »Ich werde die Müll-Maden anweisen, die Kadaver deiner Brüder nicht anzurühren. Ihr könnte euch dann immer noch um euere Toden kümmern.« Da kam mit forschen Schritten Osama Pius Bush auf die Beiden zu. Der kleine drahtige Mann, mit den eng zusammenstehenden Augen, gehörte der Religionsgemeinschaft der Muselchristen an, die sich vor 500 Jahren aus erzkonservativen Katholiken und fundamentalistischen Islamisten gebildet hatte. Sie verdingten sich gerne als Auftragsmörder, da es ihnen ihre Religion gestattete, Anhänger anderer Glaubensrichtungen zu töten. »Wir haben sie«, schnaufte er erregt. »Nicht weit von hier ist es zwei Suchtrupps gelungen, die Flüchtlinge in einem Verbindungstunnel festzunageln.« »Endlich mal eine gute Nachricht«, seufzte Adrian Korg zufrieden. »Bringt sie um und dann lasst uns von hier verschwinden.« »Was ist mit unserer Rache?«, maulte Surka eingeschnappt. »Schon gut«, stöhnte Adrian entnervt und wandte sich an Osama: »Die Suchtrupps sollen die Flüchtlinge lediglich gefangen nehmen. Denn Rest besorgen dann die Kragten. »So soll es sein«, grinste der Muselchrist und gab den Befehl weiter. Surka bestieg eilig einen Gleiter, der von einem Nestbruder gesteuert wurde. Er wollte unbedingt an der rituellen Folterung der Gefangenen teilnehmen, die genau eingehalten werden musste, da sonst den Seelen der Verstorbenen, der Einzug in den Himmel der Krieger verwehrt blieb. Spöttisch bemerkte Adrian: »Diese Wilden kann man so einfach zufrieden stellen. »Aber nur solange man ihre primitiven Traditionen beachtet«, stellte Osama scherzend fest. Der Stellvertreter von Ed Torres fand die Konversation recht angenehm und wollte sich schon im Sitz des Transporters zurücklehnen, als ein dumpfer Knall zu hören war. »Das ist merkwürdig«, brummelte Osama und zog seine Stirn in Falten. »Die Kragten hatten nicht den Auftrag den Gleiter der Flüchtlinge zu sprengen.« Kaum hatte er zu Ende gesprochen, da erfolgte eine zweite Detonation. Adrian wurde es ganz mulmig zumute. Er befürchte das Schlimmste. Unterdessen versuchte Osama mit den Suchtrupps in Kontakt zu treten. Er wurde zusehends bleicher. als er fahrig am Empfänger herumnestelte.»Was ist los«, keuchte Adrian gehetzt. »Verdammt noch Mal, sagen sie mir endlich was los ist.« »Da ist nichts«, stammelte der Angesprochene mit glasigen Augen. »Die Flüchtlinge müssen sie alle getötet haben.«

Der Showdown

Eine Warnleuchte am Armaturenbrett des Gleiters begann hektisch zu blinken. Sofort aktivierte ich den Autopiloten, um mich eingehender mit der Fehlermeldung zu befassen. Die Energieanzeige war im roten Bereich. Ein eisiger Schreck fuhr mir in die Glieder und mein Magen verkrampfte sich spontan. Die Druckwelle der letzten Explosion musste das Miniaturkraftwerk der Maschine beschädigt haben. Wenn es Götter gab, trieben sie gerade ein übles Spiel mit uns, denn im labyrinthischen Bauch der Weltraumstadt war man ohne ein Fahrzeug verloren und würde als Futter für die Müll-Maden enden. Mir blieb nichts anderes übrig, als die Geschwindigkeit auf ein vertretbares Minimum zu reduzieren. Der Energieverbrauch ging drastisch zurück, trotzdem zeigte mir ein nerviger Summton den Ausfall des ersten der vier Triebwerke an. Was ist passiert?«, japste Ben erschrocken. Das unangenehme Geräusch hatte ihn aus einem kurzen Dämmerschlaf gerissen. Mit heiserer Stimmte verkündete ich sarkastisch: »Die Energieversorgung ist ausgefallen.« »Aber wir fliegen doch immer noch?« »Mit den Notstromakkus«, plärrte ich genervt, »ansonsten herrscht Tote Hose.« »Dann haben wir ein gewaltiges Problem«, stellte er nüchtern fest. »Die Dinger sind nach zehn bis fünfzehn Minuten aufgebraucht.« Ohne große Hoffnung fragte ich: »Hast du eine Spur von den Dualen entdeckt?« Er kicherte böse: »Glaubst du etwa an Wunder?« »Eigentlich nicht. Aber wir brauchen ganz dringend eine gute Idee, sonst sind wir verloren.« »Eine Idee habe ich schon«, schnarrte er wie ein asthmatischen Straßenköter und blickte mich mitleidig an, »sie ist aber nicht ganz ohne Risiko.« »Das ganze Leben ist ein Wagnis«, scherzte ich grimmig, »also raus mit der Sprache.« »Ich sende ein Notsignal auf allen Frequenzen. Das müssten auch die Dualen empfangen.« Mein Gesicht versteinerte sich. Dieser Vorschlag war ein zweischneidiges Schwert. Zögerlich gab ich zu bedenken: »Damit entzünden wir ein Leuchtfeuer, das jeder sehen kann. Ein solches Notsignal könnte unser Todesurteil bedeuten.« »Das stelle ich auch nicht in Abrede«, konterte er mürrisch, »aber wenn du hier unten nicht elend verrecken willst, bleibt uns nichts anderes übrig.« »Ich bin auch mit Ben's Vorschlag einverstanden«, meldete sich Thora schüchtern zu Wort. »Was haben wir schon zu verlieren?« »Unser Leben, mein Kleines«, sagte ich mit sanfter Stimme. Sie war blass und wirkte so schutzbedürftig, dass ich sie am liebsten in die Arme genommen hätte. »Soll ich nun senden oder nicht?«, fragte Ben gereizt und rollte wild mit seinen Augen. Ich nickte kurz. Jetzt galt es eine Stelle zu finden, wo ich den Gleiter landen konnte. Der Platz musste gut gewählt sein, denn wir würden in mit ziemlicher Sicherheit, eine Zeitlang, gegen einen übermächtigen Angreifer verteidigen müssen. Mit Waffen waren wir gut bestückt und Munition war auch genügend vorhanden. Allerdings machte ich mir Sorgen um Thora. Der Gedanke, dass dieses schöne Kind in der stählernen Unterwelt von Starcity einen schrecklichen Tod finden könnte, machte mich wütend. »Die Sendung läuft«, informierte mich mein halbmechanischer Freund. »Sollten die Dualen immer noch an dir interessiert sein, werden sie uns retten, wenn nicht...« »Sie werden kommen«, gab ich selbstbewusst kund. »Möglicherweise«, lachte Ben ätzend. Wenn nicht, sterben wir wenigstens für die Hoffnung.« Mit weinerlicher Stimme heulte unsere blonde Gefährtin: »Oder die finsteren Engel des Amtes für Arbeit schicken uns in die höllische Fabrik der Unterwelt, wo und der gehörnte Vorarbeiter mit der glühenden Peitsche des Lohnentzugs quält und wir bis in alle Ewigkeit am Fließband des Leidens stehen.« Für einen Moment waren Ben und ich Sprachlos. Doch dann lachten wir - wie auf ein geheimes Zeichen hin - wie zwei Verrückte los. »Was ist daran so lustig«, beschwerte sich die Schöne erbost. »Wir haben an Orten gekämpft, wo die Hölle real existierte« krächzte Ben glucksend. »Deine Vorschulunterwelt wirkt dagegen geradezu paradiesisch.« Eingeschnappt verschränkte sie die Arme vor der Brust, machte einen Schmollmund und stierte geradeaus. Ihr Anblick erheiterte mich. Leider konnte ich mich nicht weiter ihren makellosen Gesichtszügen widmen, da unser Antrieb jederzeit ausfallen konnte. Nach wenigen Minuten gewahrte ich einen kreisrunden Abzweig im Schacht, den man bei höherer Geschwindigkeit sicher übersehen hätte. Vorsichtig bugsierte ich das Fahrzeug im Schneckentempo in die schwach beleuchtete Röhre. Nach ungefähr fünfhundert Metern öffnete sich eine gigantische weiße Halle vor uns, in der mächtige Maschinenblöcke standen. Leuchtelemente, die in den Wänden und der Decke eingearbeitet waren, verströmten ein gleißendes Licht, dass auch noch - zum Leidwesen unsere Augen - von polierten Stahlelementen reflektiert wurde. Zum Glück fanden sich im Handschuhfach Schutzbrillen. Das war kein Luxus, sondern gehörte zur Standartausstattung jeden Gleiters, da in den verschiedenen Stadtteilen von Starcity – bedingt durch die unterschiedlichen Rassen, teilweise extrem unterschiedliche Lichtverhältnisse herrschten.   »Wo willst du landen?«, wollte mein alter Kamerad wissen. »Zwischen den monolithischen Blöcken dort hinten«, murmelte ich und deutete mit dem Zeigefinger in die Richtung. »Wenn wir dort von unseren Verfolgern gestellt werden, gibt es kein entkommen für uns«, monierte er kritisch. »Das ist korrekt«, entgegnete ich grinsend. »Genau das sollen sie auch denken.« Vorsichtig setzte ich den Gleiter auf den stählernen Boden des riesigen Maschinenraums. Mit einem klagenden Laut verabschiedete sich das letzte Triebwerk. Als ich die Beifahrertür öffnete, bemerkte ich ein sanftes Brummen. Dieses Geräusch erfüllte wohl schon seit einer halben Ewigkeit diesen Raum.

Ben schien die niedrige Frequenz des Tons zu stören, denn er machte ein schmerzverzerrtes Gesicht und begann hastig eine im Rollstuhl eingebaute Tastatur zu bearbeiten. »Verfluchte Pfuscher«, hörte ich ihn schimpfen. »Die haben nur das billigste Material verarbeitet und der Ton hat jetzt eine Membrane in meiner künstlichen Gesichtshälfte zum Schwingen gebracht.« »Wer hat nur das billigste Material verarbeitet?«, wollte ich wissen. Wütend krakelte er: »Die Schweinepriester, die für meinen Robotkörper verantwortlich waren.« »Der funktioniert doch hervorragend«, wandte ich verwundert ein. »Einen Dreck tut der«, geiferte er böse. »Da wären zum Beispiel die mechanischen Komponenten. Sie wurden nicht ordnungsgemäß mit meinem Kadaver verbunden worden und verursachen mir ständige Schmerzen. Ohne entsprechende Arzneien würde ich es überhaupt nicht aushalten.« Entsetzt stellte ich fest: »Dann bist du also Medikamentenabhängig!« »Das kannst du laut sagen, mein Freund. Ich bin ein richtiger Junkie geworden.« »Es tut mir leid«, murmelte ich verlegen. »Was redest du da für einen Bullshit?«, lachte er sarkastisch »Nichts muss dir leid tun. Ich habe im Namen der Propheten vielen unschuldige Lebewesen getötet und dafür meine gerechte Strafe erhalten.« »Wir wurden von Kindesbeinen an für den Krieg erzogen und glaubten an die Lehren der Bonzen. Dich trifft keine Schuld.« »Jetzt muss ich aber ernsthaft an deinem Verstand zweifeln.« Er schaute mich kopfschüttelnd an. »Du kannst doch nicht allen Ernstes an die heilige Mission unseres Krieges geglaubt haben.« »Anfangs schon«, gab ich mit gesenktem Haupt zu, »später wurde der Krieg für mich zur Routine und ich ignorierte die Wahrheit.« »Wie könnt ihr nur so gemein über die erhabenen Propheten des Allvaters reden«, schluchzte Thora unerwartet los. »Sie ahnen bestimmt nichts von den bösen Taten einiger Untertanen.« »Träum weiter, Schätzchen«, knurrte daraufhin mein gepeinigter Freund mit eisiger Miene trocken. Trotzig wischte sie sich die Tränen aus den Augen und machte ein beleidigtes Gesicht. Noch bis vor kurzem war sie der täglichen Indoktrination auf Terra ausgesetzt gewesen. Es war nicht leicht sich aus der geistigen Sklaverei einer Religion zu lösen, die das tägliche Leben bis ins kleinste Detail regelte.

Ben's Verdacht

Sie wissen genau was in ihrem Imperium passiert, sonst hätten sie schon längst ihre Macht verloren«, versuchte ich ihr zu erklären. »Kritiker des Systems werden gnadenlos eliminiert und ihre Familien in die Sklaverei verkauft.« »Woher willst du das wissen«, fragte sie skeptisch. »Ich war für den Geheimdienst tätig.« Ben drehte ruckartig den Kopf zu mir und blickte mich misstrauisch an. »Überlege jetzt genau was du sagst«, raunte er gefährlich leise. »Steh ich etwa auf deiner Abschussliste?« Verwirrt richtete ich meine Augen auf ihn. »Ich verstehe dich nicht!« »Das solltest du aber, als Agent des Imperiums.« Er hatte den Lauf eines Strahlers auf mich gerichtet. »Was soll der Blödsinn?« »Die Frage musst du beantworten«, erwiderte er mir mit tödlichem Ernst. »Nur besonders systemtreue Soldaten bekommen das Angebot für den Geheimdienst zu arbeiten.« »Ich hatte nie das Gegenteil behauptet«, empörte ich mich. »Kurz bevor ich dich traf, wollte ich sogar wieder ins Reich zurückkehren, um mich bei meiner alten Einheit zu melden.« »Wo man dich vors Kriegsgericht stellen würde, sofern du kein Agent bist und im Auftrag des Imperiums die Dualen ausspionieren willst«, scherzte Ben zynisch. Thora, die unserm Gespräch mit einer Mischung aus Entsetzen und Unverständnis gelauscht hatte, fragte erstaunt: »Warum sollte Magnus vors Kriegsgericht gestellt werden, wenn er als pflichtbewusster Soldat heimkehrt? Er hat doch keinen Fehler gemacht.« »Doch hat er«, kicherte der Hybrid, ohne mich aus den Augen zu lassen, »er wurde von den Dualen gerettet.« »Dafür kann er doch nichts.« Das Mädchen war der Verzweifelung nahe, da sie mit der unschuldigen Logik eines Kindes dachte und sie das plötzliche Misstrauen Ben`s, mir gegenüber, nicht verstand.« »Beim Militär geht es nicht um Gerechtigkeit«, erläuterte er ihr trocken. »Die Soldaten haben widerspruchslos zu funktionieren. Kommen sie aber in Kontakt mit fremdem Gedankengut, kann das die Wehrkraft zersetzen.« »Die Dualen rieten mir auch von einer Heimkehr ab«, bekannte ich nachdenklich. »Das wäre mein Todesurteil, meinten sie.« »Worauf du einen lassen kannst«, bestätigte er die Aussage. »Deine Retter haben dich vollkommen runderneuert. Jetzt besitzt du einen makellosen Körper und hast das Aussehen eines Mitglieds aus der Oberschicht. Bei deiner alten Truppe, würde doch jeder normale Soldat wissen wollen, warum die allmächtigen Bonzen ihnen eine solche Behandlung bisher verweigert haben. Aber was noch schlimmer ist, deine Kameraden würden dich mit Fragen über die Dualen überhäufen. Sie würden wissen wollen, wieso eine so fortschrittliche Rasse kein Kastensystem kennt.« »Ich würde solche Fragen nicht zulassen.« »Red' keinen Blödsinn«, schalt er mich aufgebracht. »Du weißt doch wie langweilig der Truppenalltag ist. Jede Neuigkeit wird begierig aufgenommen und verbreitet sich in Windeseile. Irgendwann würdest du reden, auch wenn es nur Andeutungen wären. Für ein Regime, das die unbedingte Gedankenkontrolle über seine Soldaten will, wäre das fatal. Nur unwissende, patriotisch motivierte Massen lassen sich für ihre glorreichen Führer, erfüllt mit dem glühendem Eifer der total Bescheuerten, auf dem Felde der Ehre abschlachten.« »Das habe ich nicht bedacht«, gab ich niedergeschlagen zu. »Ich bin in einen Strudel geraten aus dem ich wohl nicht mehr entkommen kann. Dabei wollte ich doch nur meine Dienstzeit lebend beenden und hinterher als Lehrer auf einer Militärakademie unterrichten.« »So in etwa hatte ich auch meine Zukunft geplant«, murmelte er traurig. Der Lauf seiner Waffe war nicht mehr auf mich gerichtet. »Vertraust du mir wieder?« »Ja, ich vertraue dir wieder«, gestand er mit einem bitteren Lächeln. »Das hast du aber nicht meiner Menschenkenntnis, sondern einer ausgeklügelten Software zu verdanken.« »Wie den das?« »Es ist doch offensichtlich, dass ich eine halbe Maschine bin«, lachte er mit einem dreckigen Unterton. »Dort, wo sich eigentlich mein Arsch befinden sollte, sitzt ein ziemlich moderner Hochleistungsrechner, der sogar einen Bordcomputer eines Einmannzerstörers in den Schatten stellt. Anhand deiner Gesten, Körpertemperatur, Tonlage der Stimme und deiner Pupillen, konnte ich feststellen, dass du die Wahrheit sagst.« »Und wenn ich mich verstellt hätte?« Er schaute mich kurz an, grinste hinterhältig und meinte lapidar: »So gut ist kein Schauspieler.« »Ich unterbreche euch ja nicht gern«, vernahm ich plötzlich Thoras zartes Stimmchen, »aber sollten wir jetzt nicht Vorbereitungen treffen?« »Äh, wie bitte?« Für einen Moment hatte ich doch tatsächlich vergessen, dass wir uns in eklatanter Gefahr befanden. »Da sind gerade eine ganze Menge böser Buben hinter uns her«, säuselte sie ironisch. »Wäre es da nicht angebracht, etwas für unser Verteidigung zu unternehmen?« »Zur Hölle«, fluchte ich lauthals, »da hat sie nicht ganz Unrecht.« Schon beim Einflug in die Halle, war in meinem Kopf ein Plan entstanden, wie wir unsere Feinde möglichst lange aufhalten konnten. Die Örtlichkeit war ideal und bot viele Deckungsmöglichkeiten. Dank Ben, waren wir waffentechnisch hervorragend ausgestattet und konnten unseren Verfolgern einen feurigen Empfang bereiten. Einige Strahler, die wir ferngesteuert auslösen konnten, platzierte er in den seitlichen Fenstern des Gleiters. Thoras Duftwässerchen, das penetrant nach Moschus stank, sollte heute nicht die Nasen notgeiler Männer betören, sondern die hochempfindlichen Geruchsorgane der Echsen außer Kraft setzen. Nach dem, was ich gehört hatte, würde das Parfüm den hitzköpfigen Kreaturen, die Tränen in die Augen treiben. Voller Schadenfreude stellte ich mir wild herumhüpfende Kragten vor, die von einer chemische Liebeskeule besiegt worden waren. »Ben meinte, die Biester würden davon ziemlich aggressiv werden«, erklärte mir Thora ernsthaft, die mich anscheinend in ein Gespräch verwickeln wollte. Sie war mit vier Schnellfeuergewehren behängt und hatte zudem noch den Raketenwerfer geschultert. »Um so besser«, freute ich mich. »Wo die Wut einsetzt, versiegt der Verstand.« »Hast du viele Auszeichnungen bekommen«, fragte sie mich unerwartet. Ich musste herzhaft lachen. »Von diesen nutzlosen Blechdingern besitze ich einen ganzen Karton voll. Einmal im Jahr, am Tag der Reichsgründung, dürfen sich die Soldaten mit ihrem Lametta behängen, um zu zeigen wie gut sie für die Propheten des Allvaters gekämpft haben.« Traurig stellt sie fest: »Du bist nicht sehr stolz auf deine Orden.« »Das bringt die Zeit mit sich. Anfangs habe ich mich wie ein kleines Kind über jede neue Auszeichnung gefreut. Ich fühlte mich respektiert, geachtet und konnte vor lauter Stolz kaum Geradeauslaufen. Bei Einsätzen der Raumlandetruppen war ich immer der erste, der aus dem Transporter sprang, um sich dem Feind entgegen zuwerfen. Ich fühlte nichts, wenn im Feuer meines schweren Strahlers gegnerische Soldaten verbrannten. Wir kämpften ja für eine gerechte Sache, zumindest glaubte ich das. Aber im laufe der Jahre, als die Leichenberge immer höher wurden und mir befohlen wurde auch auf Frauen und Kinder zu schießen, versiegte mein Glauben und ich stumpfte ab.« »Aber der Glauben an die Propheten und den großen Allvater, gibt doch unserem Leben erst einen Sinn!«, versuchte sie mich zu überzeugen. »Unser System ist das Beste im ganzen Universum. Durch Fleiß und Leistung kann jeder Erdenbewohner in die nächst' höhere Klasse aufsteigen. Das Kastenwesen hat die Menschheit zur mächtigsten Rasse in der bekannten Galaxis werden lassen. Das musst du doch anerkennen.« »Meine Kleine«, sagte ich nachsichtig, »irgendwann wirst du erkennen, das eine Lüge auch dann nicht zur Wahrheit wird, wenn man sie tausendmal wiederholt.« »Könntet ihr vielleicht einem Krüppel im Rollstuhl helfen, anstatt über sinnlose Themen zu philosophieren«, giftete Ben angesäuert. »Wir haben bald einen übermächtigen Feind vor der Tür stehen und müssen vorbereitet sein.«

Zum Erfolg verdammt

Ganz langsam aber sicher bekam Adrian Korg kalte Füße. Innerhalb kürzester Zeit war fast ein Drittel der Suchmannschaft getötet worden. Wie sollte er diesen Verlust nur Ed Torres erklären? Richtige Angst kannte der bekennende Psychopath nicht unbedingt, aber im Schatten seines übergewichtigen Herrn führte er ein sorgenfreies Leben und konnte nebenbei seine Obsessionen befriedigen. Sollte er heute versagen, war es damit aus. Adrian war ein intelligenter Mann und hatte es bisher immer vermeiden können, arbeiten zu müssen. Schon seine fürsorgliche Mutter hatte ihm ständig Zucker in den Allerwertesten geblasen. Erst als sie ihn zu einem Seelenklempner schleppen wollte, war er gezwungen gewesen, ihrem Leben ein leidvolles Ende zu bereiten. Auch jetzt musste er schleunigst seine Gehirnwindungen in Gang setzen, um nicht als Verlierer dazustehen. Seine Gegner waren Clever, aber nicht clever genug für ihn - so dachte er zumindest. Normalerweise reichten vier bis fünf Kopfgeldjäger aus, um einen solchen Job zu erledigen. Da sich aber zwei Leute des gemeingefährlichen Trios als überragende Schützen erwiesen hatten, war sein Brötchengeber auf Nummer sicher gegangen und hatte die Hälfte seiner Leute zur Suche aktiviert. Anfangs war ihm dieser Aufwand übertrieben erschienen, mittlerweile hatte sich seine Meinung geändert. Da er gewohnt war vorausschauend zu planen, bediente er sich auch einiger Informanten. Erwin Koslowski, ein tumber Todschläger mit der Seele einer geschwätzigen Marktfrau, hatte ihm zugetragen, dass Susan Spears, die amtierenden Regierungschefin von Starcity, die groß angelegte Fahndung initiiert hatte. Wenn aber die mächtigste Frau der Stadt, die Auffindung der Mörder von Randy Miller zur Chefsache erklärt hatte, würde ein Misserfolg der Aktion auch Ed Torres schaden und somit ihm selbst. Surka handelte erstaunlich schnell. Während der Stellvertreter von Ed Torres noch in düsteren Gedanken schwelgte, bellte er einige Befehle in seiner harten Sprache, woraufhin sich dreißig Kragten, mit militärischer Disziplin, um ihn scharten. Diese teilte er in Gruppen zu jeweils fünf Echsen ein, die er in verschiedene Richtungen losschickte. »Was machst du da«, wunderte sich Adrian mit leichter Verärgerung. »Bevor wir noch mehr Leute bei sinnlosen Aktionen verlieren, sollten wir unsere Vorgehensweise besprechen.« »Durch die Explosionen haben wir die Fährte der Flüchtlinge verloren«, antwortete der Echsenabkömmling ohne jede Aufregung. »Ich habe sechs Patrouillen losgeschickt, die nur die Aufgabe haben, ihre Spur wieder zu finden.« »Das war eine gute Idee«, lobte er ihn schnell. »Ich kann nur hoffen das sie Erfolg haben.« »Sie sind bestimmt nicht weit gekommen«, vermutete Osama Pius Bush. Die Aussage machte Adrian Korg neugierig. »Wie kommst du darauf?« »Ganz einfach«, grinste der kleine Mann bösartig. »Die Diagnoseeinheit des Gleiters meldete vor zehn Minuten einen schweren Maschinenschaden an die Vertragswerkstatt. Das ist ein normaler Vorgang und machen alle Fahrzeuge wenn sie einen Fehler im System entdecken.« »Das war mir nicht bekannt«, gab Adrian unumwunden zu. »Weil wir uns über Vorgänge, die automatisch ablaufen, nur selten den Kopf zerbrechen« erklärte er sachlich. »Aber es sind fast immer solche Nebensächlichkeiten, die über Tod und Leben entscheiden.« Der Kerl benutzte sein Gehirn und das gefiel Adrian. Trotz seiner angeborenen Gefühlskälte, wusste der Psychopath wie man Leute an sich band. Daher sagte er leutselig zu dem Muselchristen: »Wenn wir heute unsere Mission erfolgreich beenden, werde ich mich bei Ed Torres für sie einsetzen. Gute Leute werden immer gebraucht.« Um die Zeit zu nutzen begann der Stellvertreter von Ed Torres, den mitgeführten Waffenbestand zu sichten. Diesmal wollte er besser auf den nächsten Waffengang mit den Flüchtlingen vorbereitet sein. Es waren kaum fünfzehn Minuten vergangen, als Surka diensteifrig meldete: »Wir haben sie gefunden. Sie befinden sich in einer Maschinenhalle, ganz in der Nähe.« »Schickt zuerst ein paar Robotkameras los« ordnete Adrian an. »Wir müssen die Lage sondieren bevor wir uns die Mörder von Randy Miller schnappen.« Adrian Korg machte sich auf den Weg zum Kommandowagen. Begleitet wurde er von Osama und Surka. Als er sich vor das Kontrollpult setzte, flog die erste Robotkamera in die Halle ein. Anhand der Wärmeausstrahlung fanden die Aufnahmegeräte recht schnell das unberechenbare Trio. Währen der Hybrid übellaunig in die Runde blickte, machten das Mädchen und der elegant gekleidete Mann einen heiteren Eindruck. Der Gleiter, das war sofort zu erkennen, hatte nur noch Schrottwert. Das schien den Beiden keinesfalls die Laune zu verderben. Ganz im Gegenteil. Sie winkte fröhlich in die Robotkameras, als wären sie bei einem Betriebsausflug. »Das gibt es doch gar nicht«, schnatterte Osama fassungslos. »Wo nehmen die bloß ihren Optimismus her?« Diesmal ließ sich Adrian nicht aus der Ruhe bringen. Wie beiläufig erklärte er: »Das ist alles nur gespielt. Sie wollen uns verunsichern, damit wir Fehler machen. Doch jetzt sind wir vorbereitet.« »Bist du sicher, dass sie uns nicht wieder in die Pfanne hauen«, fragte der fromme Auftragsmörder lauernd. »Ohne funktionstüchtigen Gleiter, haben sie hier unten keine Chance zu überleben«, vermutete der Psychopath. »Sie müssen gewusst haben, dass wir sie über kurz oder lang finden würden. Also suchten sie einen passenden Raum, um uns einen letzten Kampf zu liefern.«»Oder sie haben alles geplant und stellen uns eine Falle«, murmelte der Muselchrist skeptisch. »Auch das ist möglich«, stimmte ihm Adrian zu. »Letztendlich ist es eine unbestreitbaren Tatsache, dass sie einen Transporter von uns brauchen, um aus der Unterwelt zu entkommen.« Er hatte kaum ausgesprochen, als das Mädchen durch gezielte Schüsse, die Robotkameras zerstörte. »Das wird ihnen auch nicht helfen«, knurrte Surka grimmig und eilte mit schnellen Schritten zu seinen Leuten. Zehn Minuten später stand die Streitmacht von Adrian Korg kampfbereit vor der runden Einflugsröhre, die zur Maschinenhalle führte. Der Psychopath wollte sich nicht blindlings in einen Kampf mit den Flüchtlingen stürzen, daher lies er mehrere Suchgruppen ausschwärmen, um einen weiteren Zugang zur Halle zu finden. Als nächstes orderte er von Surka eine schlagkräftige Kampftruppe, die den Gegner frontal angreifen sollte. Erstaunt bemerkte er, dass sich innerhalb kürzeste Zeit zwanzig Kragten für das Himmelfahrtskommando meldeten. Das wehrhafte Trio hatte sie tief in ihrer Ehre verletzt. »Heute werden wir Geschichte schreiben«, krakelte Surka voller Stolz und übertriebenem Pathos. »Bald wird man auf allen Planeten der Milchstraße von den heldenhaften Taten der Kragten berichten.« »Das ist der Stoff aus dem die Idioten sind«, murmelte Osama kichernd. »Nur total Bescheuerte rennen hirnlos in ein gegnerisches Feuer.« »Die

Menschen sind auch nicht viel besser«, wandte Adrian humorlos ein. »Die Geschichtsbücher sind voll von Kriegen, in denen ganze Generationen junger Männer, für die egoistischen Interessen ihrer Regierungen gestorben sind.« »Wir kämpfen nur für unseren Glauben«, posaunte Osama mit stolzgeschwellter Brust. »Solltest du als Märtyrer sterben, kommst du direkt ins Himmelreich.« Adrian schnappte erschrocken nach Luft und verbiss sich einen bösen Kommentar. Es war allgemein bekannt, dass religiöse Fanatiker noch schlimmer als bornierte Patrioten waren. Solche Leute verweigerten sich standhaft jeder Logik und Vernunft. »Wir sollte zum Angriff blasen«, beeilte er sich zu sagen. »Ich möchte so schnell wie möglich wieder in die Oberstadt.« Die Kragten stürmten in den Tunnel. Da sie zu Fuß unterwegs waren dauerte es eine Weile bis sie das andere Ende der Röhre erreicht hatten. Surka war über Sprechfunk mit seinen Nestbrüdern verbunden und ließ sich laufend Bericht erstatten. Adrian Korg stand dicht bei dem Echsenabkömmling und hatte seine Hände tief in die Hosentaschen gesteckt, um seine Nervosität zu verbergen. »Mit ziemlicher Sicherheit haben die drei in der Halle wieder irgendeine Teufelei ausgeheckt«, argwöhnte der kleingewachsene Auftragsmörder, während sich seine eng zusammenstehenden Augen zu kleinen Schlitzen zusammenzogen. Adrian setzte ein gequältes Lächeln auf. Gleich würden sie wissen, welche Überraschung sich die Flüchtlinge ausgedacht hatten. Die Echsen-Krieger trugen linsengroße Kameras auf den Schultern. Auf handgroßen Monitoren konnte man so jeden ihrer Schritte verfolgen. Jetzt wurde es spannend. Nur noch wenige Meter trennten sie von der Halle. Glasklar übertrugen winzige Lautsprecher, das schwere Atmen der Kragten-Krieger. Sie konnten ihre Aufregung kaum verbergen. Bewaffnet mit Maschinen-Kanonen, deren Projektile mühelos fünf Zentimeter dicke Stahlplatten durchdringen konnten, gedachten die Söldner, den Feind innerhalb weniger Minuten zu vernichten. Agra, der Führer des Stoßtrupps, erreichte als erster den monströsen Raum. Keine zehn Meter vom Ende der Einflugröhre entfernt, stand der elegant gekleidete Fremde und lächelte unheilvoll. In der rechten Hand hielt er eine kitschig wirkende Phiole aus Kristallglas und zeigte mit der linken Hand den ausgestreckten Mittelfinger in Richtung der Kragten. Agra brüllte einen furchteinflössenden Kampfruf in seiner harten Sprache. Das aber, beeindruckte den Mann in kleinster Weise. Gekonnt warf er die Phiole in den Verbindungstunnel, wo das kleine Kunstwerk erwartungsgemäß zersplitterte und dabei seinen stark riechenden Inhalt freigab. Die empfindlichen Nasen der Echsen-Krieger reagierten spontan. Von heftigen Niesanfällen gebeutelt und mit tränenden Augen übten sich die wilden Krieger im taktischen Rückzug.

Eine schwere Endscheidung

Ich hatte meinen Vater bisher noch nie so aufgeregt gesehen. Den Kopf nach vorne gebeugt und die Hände zu Fäusten geballt, marschierte er in der Zentrale der Lichtgöttin auf und ab. »Warum habe ich bloß auf sie gehört?, stöhnte er unentwegt, »wie konnte ich nur so blöd sein und mich von einer Sechzehnjährigen zu einer solch gewagten Entscheidung überreden lassen? Was habe ich nur verbrochen, dass mich das Schicksal derart hart bestraft?«»Beruhige dich doch Tankred«, hörte ich Boran sagen. »Bisher schweben wir nicht in Gefahr entdeckt zu werden.« »Weißt du wie viel Zeit und Mühe es mich gekostet hat diese Basis aufzubauen«, jammert er anklagend. »Von hier aus soll in Zukunft der Widerstand gegen das Imperium, in diesem Raumquadranten organisiert werden.« Mein Vater war ein Genie, wenn es darum ging, geheime Basen anzulegen. Er bedachte jede Kleinigkeit und war bekannt dafür, Mitarbeiter an den Rand der Verzweiflung zu bringen. Auf Starcity befand sich ursprünglich eine kleine Station für zehn Leute. Unter seiner Regie war hier ein mächtiges Fort entstanden, in dem auch Verbündete von uns Unterschlupf finden konnten. Aber in Situationen, die einer schnellen Endscheidung bedurften, war er überfordert. Boran näherte sich mir mit einem unglücklichen Gesicht. »Dauert es noch lange bis deine Mutter kommt?«, presste er leise zwischen seinen Zähnen hervor. »Wir müssen dringend eine Endscheidung treffen.« »Sie hielt gerade ihren Schönheitsschlaf, als ich sie weckte«, klärte ich ihn auf. »Da muss man ihr Zeit lassen.« »Aylen, hier geht es um unsere Zukunft.« Ich schaute ihm fest in die Augen und fragte ihn: »Hast du schon längere Zeit mit einer

Frau zusammengelebt?« Er schüttelte verwunderte den Kopf. »Was hat das mit unserem Problem zu tun? Hast du schon jemals versucht einem hungrigen Löwen, sein Fressen wegzunehmen? Jetzt verstehe ich was du meinst«, lachte er verhalten. »Ich hatte nicht vor mit meinem Leben zu spielen. Welchen Umstand habe es zu verdanken, das ich hier erscheinen muss?, hallte plötzlich Mutters unverwechselbare Stimme im Raum. »Es ist ein Drama, meine Liebste«, klagte mein Vater, der große Seelenqualen zu leiden schien. »Dank unsere Tochter schliddern wir in eine große Katastrophe.« »Das wäre nicht das erste Mal«, erwiderte sie trocken und bedachte mich mit einem strengen Blick. Passiert ist noch überhaupt nichts«, mischte sich jetzt Boran in das Gespräch ein. Wir haben lediglich einen Funkspruch aufgenommen, indem Magnus uns um Hilfe bittet. Ihr makelloses Gesicht ließ keine Reaktionen erkennen. Sie konnte ihre Gefühle meisterhaft beherrschen. Emotionslos fragte sie den Historiker: Gibt es weitere Informationen? Die gibt es, Alva. Magnus hat bei einem Bordellbesuch ein Mädchen aus seiner Heimatstadt befreit. Auf der Flucht kam ihnen Randy Miller in die Quere. Der Mann ist einer der führenden Köpfe des organisierten Verbrechens in Starcity. Er, und vier seiner Leibwächter haben das unglückselige Zusammentreffen, mit dem Leben gebüßt. Dann hat er ein gutes Werk vollbracht, sagte meine Mutter sarkastisch und lächelte dabei diabolisch. Magnus war für das Ableben der Gangster nicht verantwortlich«, korrigierte er Alva. Das Mädchen hat die Jungs ins Jenseits befördert. Nur ein leichtes Zucken ihrer rechten Augenbraue zeigte ihre Verwunderung. Kühl fragte sie: »Wie ging es danach weiter? Sie flüchteten zum Hotel, in dem er sich einquartiert hatte. Eigenartigerweise hatte ihnen der Concierge, der Nobelabsteige, schon einen Gleiter der oberen Luxusklasse reserviert. Danach führte sie ihr Weg zu einer recht merkwürdigen Gestalt, die ich nicht einordnen kann. Er ist halb Mensch, halb Maschine und ist eigentlich als Wartungsroboter, für eines der größten Spielcasinos in der Sternenstadt tätig. Mit Sicherheit ein ehemaliger Raumsoldat des Imperiums, raunte Alva, die sich langsam für die Geschichte zu interessieren begann. Nicht einmal einen anständigen Tod gönnt man den armen Kreaturen. Mit deiner Vermutung könntest du Recht haben, murmelt Boran, den der Kerl besaß in seiner Werkstatt ein kleines Waffendepot, dass sich jetzt in den Händen von Magnus und seiner neuen Gefährtin befindet. Dann ist er doch gut ausgerüstet und ich verstehe nicht warum er unsere Hilfe benötigt. In Starcity werden jeden Tag Leute ermordet. Leider ist es nicht so einfach, lächelte der Historiker gequält. Randy Miller besaß beste Beziehungen zu Susan Spears, der amtierenden Regierungschefin von Starcity. Er war ihr oft bei ihren krummen Geschäften behilflich. Die Dame muss ziemlich angesäuert sein, denn sie hat ein Riesenaufgebot an Sicherheitskräften und professionellen Kopfgeldjägern in Marsch gesetzt, die Magnus und das Mädchen töten sollen. Wo hält sich den Magnus mit seiner schießwütigen Freundin momentan auf? In einer Maschinenhalle, etwa dreißig Kilometer von hier entfernt. Alva rang nach Beherrschung. Dann sind sie in der Unterstadt! So ist es Alva«, sagte Boran mit großem Ernst, und es wird Zeit das wir etwas tun. Wir laufen Gefahr entdeckt zu werden, wandte meine Mutter ein, des weiteren scheinst du wohl vergessen zu haben, dass wir keine Krieger sind. Da muss ich dir zustimmen, grinste er. »Als Soldaten würden wir keine gute Figur machen. Aber unsere Freunde von Blaustern verstehen sich aufs Kämpfen. Alva trat erschrocken einen Schritt zurück. Ist dir bewusst, was du da von mir verlangst? Natürlich, wir müssen die Bündnisfrage stellen! Nur wenige Minuten später. Eldur schüttelte verwundert den Kopf. Natürlich werden wir euch helfen. Aus diesem Grund sind wir doch hier. Was wird Halfdan dazu sagen? Eldur lächelte verschmitzt als er sagte: Der wird sich über die Abwechslungen freuen. Sie trafen sich im Haupthangar der Basis, elf großgebaute Männer und Frauen, deren Vorfahren von der Erde stammten und ein riesiger Drache. Das Wesen schien einer uralten Sage entsprungen zu sein, denn man erwartete unwillkürlich bei seinem Anblick, dass aus seinem furchteinflössenden Rachen ein alles vernichtender Feuerstoß entspringen würde. Doch nichts dergleichen geschah. Stattdessen spreizte die gigantische Kreatur ihre halbtransparenten Flügel, als ob sie auf der Stelle abheben wollte. Millionenfach brach sich das Licht in den kristallinen Strukturen der mächtigen Schwingen und offenbarten märchenhafte und zugleich verwirrende Muster von exotischer

Schönheit. Geblendet schlossen einige Leute ihre Augen. Das schien Halfdan nicht zu stören, der nach einem längern Aufenthalt in einem turnhallengroßen Raum, an Bewegungsmangel litt. Wie geht es dir, Fürst der Himmelsflieger, begrüßte ihn Tankred respektvoll. Ein kleiner Ausflug würde mir gut tun, mein Freund«, entgegnete Halfdan fast flüsternd, um die Trommelfelle seiner Gastgeber zu schonen. Wie geht es deiner Tochter? Ich vermisse den kleinen Wirbelwind. Sie bereitet mir immer große Freude bei ihren Besuchen. Trübselig klagte der Ehemann von Alva: Dieser kleine Wirbelwind trägt Hörner und ist aufsässiger als ein Jungdrache in der Pubertät. Aylen ist ein kluges und vorausschauendes Mädchen, widersprach ihm der Fürst. Die Idee, einem Soldaten des Imperiums das Leben zu retten, hätte auch von mir sein können. Und was hat es uns gebracht?, fragte Tankred mit traurigem Gesicht. Das wird sich noch herausstellen, sagte der Himmelsflieger unbeeindruckt. Die Macht der Bonzen gründet sich in erster Linie auf ihre Soldaten. Aus ihren Körpern habe sie die Mauer ihrer Festung gebaut. Will man aber eine Umfassung, aus fest gefügten Steinen, zum Einsturz bringen. Ich weiß, was du mir damit sagen willst, unterbrach ihn Tankred ungeduldig. Aber dieser Stein hat gerade eine Menge Ärger am Hals und möchte von uns gerettet werden. Und wo liegt das Problem? Konsterniert grollte der Banshee-Träger: Er gefährdet mit seinen SOS-Rufen den geheimen Standort unserer Basis. Das werden wir zu verhindern wissen, beruhigte ihn der Himmelsflieger und breitete stolz die prachtvollen Schwingen über seine menschlichen Gefährten von Blaustern aus. Boran, der stillschweigend dem Gespräch gelauscht hatte, fragte den Fürsten überraschend: Darf ich euch begleiten? Von dieser ungewöhnlichen Bitte sichtlich schockiert, starrte ihn der Himmelsflieger sprachlos an. Er kannte die Dualen als absolut friedfertige Wesen, die jedes Blutvergießen scheuten und alle Probleme nur mit friedlichen Mitteln zu lösen gedachten. Eldur, ein mächtiger Recke mit feuerrotem Haar, erkannte schneller die wahre Absicht hinter der Bitte des Historikers. Du möchtest uns begleiten, um aus erster Hand über die Geschehnisse berichten zu können. Ja, natürlich, bestätigte der Eldurs Feststellung verwundert. Ich beherrsche zwar einige Nahkampfarten, wollte aber nicht selbst in die Kampfhandlungen eingreifen. Das hättest du doch gleich sagen können, lachte Halfdan donnernd los und es klang wie das röhren eines antiken Strahlentriebwerks.

In letzter Sekunde

Wenn deine Freunde nicht bald kommen, sind wir im Arsch«, erklärte mir Ben aus seinem Versteck heraus. »Ja, das sind wir«, gab ich resigniert zu. »Lange können wir uns nicht mehr halten.«Nachdem ich den ersten Stosstrupp der Kragten mit Thoras Parfüm vertrieben hatte, versteckte ich im Gleiter eine Handgranate und sorgte dafür, dass sich meine Freunde im sicheren Abstand von dem Fahrzeug befanden. Wie von mir erwartet, stürmten kurz darauf dieselben Kämpfer, diesmal mit Atemmasken ausgerüstet, die Maschinenhalle. Über eine Fernsteuerung aktivierte ich die von mir im Wagen platzierten Strahler. Drei der wutschäumenden Söldner verglühten sofort im Feuer der Waffen. Mit einem nervenzerfetzenden Brüllen und aus allen Rohren feuernd, attackierte der Rest den einstigen Luxusgleiter. Kurze Zeit später brannte das Fahrzeug lichterloh. Neugierig tappten, die mit grobem Schmuck behängten Kämpfer näher. Ich zündete die Handgranate. Keiner der Echsen überlebte die Explosion. Leider waren ihre humanoiden Kollegen nicht so dämlich. Ausgestattet mit modernsten Geräten, orteten sie uns zuerst und eröffneten dann gezielt das Feuer auf unsere Verstecke. Wenn Thora ihnen nicht mit dem Raketenwerfer ordentlich eingeheizt hätte, wären wir schon nach wenigen Minuten verloren gewesen. Ich hegte schon die schwache Hoffnung, dem kriminellen Mob entkommen zu können, als aus einem Montageschacht, keine zwanzig Meter von mir entfernt, zehn mord- und todschlagfreudige Kragten heraus krochen. Geschickt nahmen sie uns in die Zange. Mir gelang es vier von ihnen auszuschalten, was uns aber keinen Vorteil brachte, da währenddessen weitere humanoide Kopfgeldjäger in die Maschinenhalle eindrangen. Jetzt hatten sie uns festgenagelt und ich wurde langsam wütend, da mir nichts einfiel, um aus der vertrackten Situation herauszukommen. Als ich das leere Energiemagazin meines Strahlers austauschen wollte, traf mich ein Streifschuss an meinen rechten Oberarm. Ein beißender Schmerz peinigte mich aufs übelste und ein höchst unanständiger Fluch verließ lautstark meine Lippen. Schnell dezinfizierte ich die Wunde und verschloss sie mit einem Plasmaspray. Bevor ich über die Klinge springe würde, wollte ich noch einige Gegner mit in die Hölle nehmen. Aber noch war es nicht soweit. Von meinen Standort aus hatte ich einen guten Überblick. Unsere Lage war gelinde gesagt bescheiden. Es herrschte zwar eine Pattsituation, doch das konnte sich jeden Moment ändern. Aber ich war ein unverbesserlicher Optimist und hatte noch keine Verabredung mit dem sensenschwingenden Kapuzenträger geplant. Plötzlich erklang eine kalte und unheildrohende Stimme: »Werfen sie ihre Waffen fort und kommen sie aus ihren Verstecken raus. Ihnen wird nichts geschehen, das verspreche ich ihnen.« »Der ist so glaubwürdig wie ein Investmentbanker auf Droge«, spottete mein alter Kumpel höhnisch. »Ich kenne dieses Sackgesicht - ein stadtbekannter Psychopath und Kinderschänder, der nur deshalb frei herumläuft, weil er gebraucht wird, um unschuldige Leute ins Jenseits zu befördern.« »Seit wann dürfen sich Wartungsroboter ungefragt zu Wort melden«, konterte der Beleidigte böse. »Der taugt nicht einmal als Fraß für die Müll-Ma… Schnauze du krankes Scheusal«, unterbrach ihn Ben und sein Strahler fauchte. Ein fürchterlicher Schrei marterte meine Ohren. Es folgte ein klägliches Wimmern und Heulen, woraufhin ich lauthals zu lachen begann. »Ihr Ungläubigen«, schrie überraschend ein anderer Mann. »Ich werde euch für euere Schandtaten büssen lassen.« »Was ist denn das für ein Spinner«, wollte Thora wissen. »Haben wir gerade seinen Gott getötet?« Wie von Sinnen sprang ein kleiner drahtiger Mann, mit einem Dreitagebart auf das Versteck von Thora zu. Er trug eine antiquierte Windjacke, hatte einen spießigen Seitenscheitel und den Nachbau einer historischen Kalaschnikow im Anschlag. Seine eng zusammenstehenden Augen funkelten wild, als losbrüllte: »Du blonde Hure. Für dein ausschweifendes Leben sollst du gerichtet werden.« Das hätte er besser bleiben lassen sollen. Mittlerweile kannte ich mein blondes Engelchen gut genug, um zu wissen, wie sie darauf reagierte. Er hatte gerade erst zehn Meter zurückgelegt, als sich die Amazone aufrichtete, eine fette 45er in der Hand und mit süßer Stimme ätzte: »Das Universum wird in Zukunft ohne dich auskommen müssen, du kleinkarierte Menschenschinder.« Die Kugel traf in mitten ins Gesicht und der kleine Spinner krachte wie ein nasser Sack zu Boden. »Ihr habt eure einzige Chance vertan«, hörte ich wieder die kalte Stimme. »Jetzt werde ich euch in den Hades schicken. Der lebt ja immer noch, Ben«, rief ich verärgert. »Früher hast du besser geschossen.« Tut mir leid, Magnus, antwortete er mit gespielter Verzweifelung. Aber der Schweinstreiber ist nicht so leicht tot zu kriegen. In der Annahme, dass unser Gespräch die Aufmerksamkeit von Ben beeinträchtigen würde, rannten zwei Kragten mit unterarmlangen Dolchen auf sein Versteck zu, um ihn nach guter Väter Sitte abzuschlachten. Doch der Kerl war Profi genug, um mit einem solchen Angriff zu rechnen. Der erste verbrannte so schnell im Feuer seines Strahlers, dass er nicht einmal einen Ton von sich geben konnte. Der zweite kam ruckartig, einen Meter von Ben entfernt, zum stehen und riss voller Verwunderung seine geschlitzten Echsenaugen auf. Dann entfloh aus seiner Kehle ein markerschütternder Schrei, der den gesamten Schmerz des Weltalls, vom Anbeginn aller Zeiten zu beinhalten schien. Eine verdammt große Anzahl von Augenpaaren blickte spontan in die Richtung des Unglücksseligen. Jeder wollte erfahren, welch' furchtbare Waffe dort eingesetzt wurde. Von meinem Standpunkt aus konnte ich am besten sehen was mein alter Kamerad verbrochen hatte und begann deshalb leise zu kichern. Blitzschnell war sein Tentakelarm vorgeschossen und hatte mit seiner stählernen Kralle dem tapferen, aber beschränkten Krieger, unter den Lendenschurz gefasst und sein Fortpflanzungsorgan ergriffen. Das mit dem Nachwuchs konnte er jetzt vergessen. Bleibt in euerer Deckung«, brüllte der Perversling erbost. Die halten unserem Beschuss sowieso nicht mehr lange stand. Das ist aber keine ehrenvolle Art zu kämpfen«, hörte ich einen Kragten sagen, der sich in der Nähe des Kinderschänders aufhielt. »Halt die Schnauze, Surka. Hier geht es nicht um Ehre sondern um einen Auftragsmord.« Hey, Adrian, rief Ben stichelnd, normalerweise steckst du doch bei deinem geliebten Chef, Ed Torres, bis zum Anschlag im Arsch. Leute im offenen Kampf gegenüberzutreten ist eigentlich nicht dein Ding.« Böse geiferte der Angesprochene zurück: »Ich werde dir das bisschen Haut, was dir geblieben ist, höchstpersönlich vom noch zuckenden Fleisch abziehen und mir daraus ein Kissen machen.« »Mit deinen leeren Drohungen machst du mir keine Angst«, höhnte mein alter Kumpel weiter. »Du bist ja nicht einmal Mann genug, um gegen einen Krüppel wie mich anzutreten.« »Legt die Bande endlich um«, schrie Adrian wütend. »Sie haben uns lange genug zum Narren gehalten.« Wir wurden mit einem so schweren Feuer belegt, dass ich befürchtete von einem Querschläger getroffen zu werden. Das war definitiv das Ende. Hier kamen wir heute nicht mehr leben raus. Zusammengekauert hinter meiner Deckung wartete ich auf den Tod. Aber dann entschloss ich mich nicht ganz ohne Gegenwehr zu sterben. Ich fingerte gerade nach einer Handgranate, in einer Munitionstasche, als ich das Fauchen überschwerer Strahler vernahm. Ein eiskalter Schrecken durchfuhr meine Glieder. Hatten die Gangster von Ed Torres etwa Verstärkung erhalten? Doch dann hörte ich die Todesschreie einiger Männer. »Verschwindet, gegen die haben wir keine Chance«, schrie ein andere entsetzt. Ich richtete mich auf und sah zehn Soldaten in modernster Kampfausrüstung. Ihre gepanzerten Anzüge widerstanden spielend den Kugeln aus den Maschinengewehren der Gangster. Voller Panik flüchteten die überlebenden Kopfgeldjäger aus der Maschinenhalle. Die Dualen hatten mich nicht vergessen. Ich wollte mich nach Ben umschauen, als einer der Soldaten neben mir auftauchte. »Halte dich an mir fest«, sagte er befehlend. »Im großen Schacht wartet ein Gleiter auf euch.« Ich sah sofort, dass es keiner der Dualen war. Hinter der Sichtscheibe seines Helms erkannte ich bernsteinfarbene Augen in einem männlichen Gesicht, dass von feuerroten Haaren umrahmt war. Er gehörte sicherlich nicht zu dem kriminellen Pack, das uns hier unten gejagt hatte, konnte aber einer Spezialeinheit der Sicherheitskräfte von Starcity angehören. »Du kannst mir trauen. Aylens Vater Tankred schickt uns.« »Das hättest du gleich sagen können«, knurrte ich störrisch und umfasste mein Gegenüber um die Hüften. Der Antigrav seines Kampfanzuges arbeitete vollkommen geräuschlos. Auch das zusätzliche Gewicht von mir, schien den Antrieb nicht zu belasten. Thora hatte sich auch an einen Soldaten geklammert der dicht hinter uns flog. Nur für Ben musste zwei Leute abgestellt werden. Schnell schwebten wir durch die Verbindungsröhre und kamen in den großen Schacht der hell erleuchtet war. Ein plötzlicher Luftdruck brachte uns ins schlingern. Ich drehte mich um und mir gefror das Blut in meinen Adern.

Neue Freunde

Vorbei an Streben, Trägern und skurrilen Maschinenblöcken, die ich nur schemenhaft wahrnahm, jagte Halfdan mit halsbrecherischer Geschwindigkeit durch die Unterwelt von Starcity. Der Drachenbulle wusste wohin mir mussten und verlangsamte kaum sein Tempo, als wir in einen gigantischen Tunnel einbogen. Mit einer Breite von Einhundert und einer Höhe von fünfzig Metern, war er wohl dazu gedacht, mächtige Verkehrsströme zu bändigen. Der stählernen Konstruktion war ihr hohes Alter nicht anzusehen. Alles wirkte so, als ob die unbekannten Baumeister der rätselhaften Anlage, sie erst gestern verlassen hätten. Aber ich war nicht hier, um die Geheimnisse der riesigen Plattform zu ergründen. Es galt drei Menschen das Leben zu retten und einige andere ins Jenseits zu befördern. Halfdan, dessen Flügel eine beachtliche Spannweite besaßen, konnte sich hier frei bewegen, was ihn mit sichtlicher Freude erfüllte. Ich spürte das Pochen seines Herzens und fühlte die Bewegungen seiner mächtigen Muskeln. Entlang seiner Wirbelsäule wuchsen ihm Hornspitzen aus dem Leib, die wie Raubtierzähne geformte waren. Drachen erfüllte ihre gewalttätig wirkende Defensivbewaffnung mit Stolz und sie konnten stundenlange Gespräche, über die Pflege derselben führen. Die von Halfdan waren schwarz, glänzten wie polierter Lack und besaßen die Härte von Edelstahl. Ich saß gut gesichert zwischen zwei kleinern Hornspitzen in der nähe des Halses auf einem ledernen Sattel. Ein Ritt ohne Unterlage war nicht ratsam, wollte man auf eine wunden Hintern verzichten. Obwohl mein Freund aussah wie ein Drachen aus der irdischen Märchen und Sagenwelt, war er Warmblüter und gehörte wie wir Menschen, zu den Säugetieren. Des Weiteren konnte das eigenwillige Wesen kein Feuer spucken, beherrschte auch keine Zaubertricks und verzichtete auf gepanzerten Ritter auf seiner

Speisekarte. Stattdessen beschäftigte er sich mit Astrophysik, war ein begeisterter Hobbygeologe und liebte heiße Rockmusik. Ein Außenstehender wird sich bei unserem Anblick bestimmt fragen: Wie sind zwei Rassen, die äußerlich so grundverschieden sind, überhaupt zusammengekommen? Das lässt sich einfach beantworten. Vor zweitausend Jahren legten ein paar tausend Aussiedler mit einem schrottreifen Weltraumkahn eine bravouröse Bruchlandung auf der Heimatwelt der Drachen hin. Ein Meteorit, bestehend aus einer Eisen-Nickel-Legierung, hatte zuvor die Bahn des Schiffes gekreuzt und dabei das Haupttriebwerk zerstört. Die Himmelsflieger, so nennen sich die geflügelten Ureinwohner, die wie Drachen aussehen und von uns auch so genannt werden, waren in jener Zeit eine aussterbende Rasse. Um zu überleben schlossen sie mit den Menschen ein Bündnis. Daraus entwickelte sich im Laufe der Zeit eine neue Zivilisation mit einer eigenständigen Kultur. Ich fokussierte meine Gedanken auf den Angriff. Aus irgendeinem kranken Grund freute ich mich auf den bevorstehenden Kampf. Auf der Basis der Dualen langweilte ich mich zu Tode, obwohl unsere Freunde von Juwel alles taten, um uns den Aufenthalt so angenehm wie möglich zu gestalten. Für Halfdan war es noch schlimmer, da er sich nur im großen Hangar einigermaßen frei bewegen konnte. Doch jetzt war er in seinem Element und verwandelte sich ein einen der gefährlichsten Jäger der bekannten Milchstraße. Sicherheitshalber trug ich einen leichten Harnisch, der mich gegen Projektilgeschosse schützte. Auf einen Helm verzichtete ich, weil das meine Sicht beeinträchtigte. Ähnlich sicherte sich auch Halfdan ab. Über Brust und Bauch trug er einen goldfarbenen Panzer aus einem modernen Werkstoff. Das passte seiner Meinung nach, am besten zu seiner tiefschwarzen lederartigen Haut. Dagegen waren seine empfindlich Flügel leicht zu verletzen und bedurften einer besonderen Pflege, um sie elastisch zu halten. Die Erregung ließ seine bernsteinfarbenen Augen im feurigen Rot erglühen und ein tiefes Grollend drang aus seinem gewaltigen Leib. Jäh erschallten in der äonenalten Anlage wildes Gebrüll und peitschende Schüsse. Obwohl noch einige Kilometer vor uns lagen, konnte ich die ersten Gangster aus dem Verbindungstunnel fliehen sehen. Natürlich hatten mich die friedfertigen Dualen darum gebeten, soweit wie möglich, die Kopfgeldjäger zu verschonen. Doch dieses Ansinnen war unmöglich durchzuführen, denn das zwielichtige Gesindel musste daran gehindert werden, mit den Transportgleitern zu flüchten. Es wäre keine gute Idee, wenn jemand in Starcity von der Existenz der geheimen Basis erfahren würde. Noch ahnten sie nichts davon, dass ihnen der Tod mit gewaltigen Schwingen entgegen flog. Halfdan steigerte seine Geschwindigkeit zu einem irrwitzigen Tempo und bremste erst kurz vor unserem Ziel mit vertikal gestellten Flügeln hart ab. Mit einem schrillen Kreischen kratzten seine diamantharten Krallen über den stählernen Boden und erzeugten einen gigantischen Funkenflug. Süchtigmachendes Adrenalin schoss wie ein heißer Lavastrom durch meinen Körper und verwandelte mich in einen Berserker. Schwere Handstrahler, die ich beidseitig trug, sprangen wie von selbst in meine Hände. Fauchend entwich tödliche Energie aus den Spezialanfertigungen. Das blanke entsetzten verzerrte die Gesichter der Überraschten zu unansehnlichen Fratzen. Halfdan brüllte mit ohrenbetäubender Lautstärke und brachte dadurch unsere Gegner noch mehr in Verwirrung. Doch einige der Profis reagierte schnell. Sie suchten blitzschnell Deckung, um uns dann ins Visier zu nehmen. Zwei Kopfgeldjägern gelang es, eine Maschinenkanone die auf einem Transporter montiert war, in gang zu setzten. Gezielt nahmen sie uns unter Feuer und verletzten die rechte Schwinge des Drachen. Sofort reagierte Halfdan. Mit wütendem Gebrüll stürzte er sich auf die Beiden und zerfetzte sie mit seinen messerscharfen Krallen. Gereizte Drachenbulle waren wahrhaft grausame Kämpfer und gerieten in einen Blutrausch, wenn sie verwundet wurden. Die Wallstatt war binnen kurzem mit Körperteilen von Menschen und Kragten drapiert. Aus einer kleinen Schlacht, war ein wildes Gemetzel geworden. Ich spürte kaum den Schmerz, als mich eine Kugel im Oberschenkel erwischte und warmer Lebenssaft aus der Wunde sickerte. Vollgepumpt mit Adrenalin, mutierte ich zu einer entfesselten Kampfmaschine. Trotzdem hatte ich Hilfe nötig. Rechtzeitig erschien mein Bruder Beldur in der Verbindungsröhre. An ihm geklammert hing Magnus, der Mann den wir retten sollten. Als er uns erblickte, erstarrte für einen kurzen Augenblick, fasste sich aber schnell wieder. Der routinierte Soldat hatte sofort erfasst, dass ich zu seinen Rettern gehörte. Mein Bruder setzte ihn am Rand der Röhre ab, um Halfdan und mir im Kampf beizustehen. Wie erwartet, zögerte auch Magnus nicht lange, nahm seinen Strahler und unterstütze den Kampf. Wenig später folgte der Rest meiner Gruppe. Während die einfältigen Kragten den direkten Kampf suchten und ebenso schnell ihr Leben verloren, gingen die Humanoiden geschickter vor. Verschanzt hinter Transportgleitern und ausgerüstet mit guten Waffen, machten sie uns erhebliche Schwierigkeiten. Fluchend begriff ich, dass wir mit normalen Hand-feuerwaffen zulange brauchten um das Gesindel auszumerzen. Da bemerkte ich, wie die blonde Begleiterin von Magnus, an einem Raketenwerfer herumhantierte. Nur Augenblicke später, setzte sie ihn zu unseren Gunsten ein. Kaltblütig und mit einer unglaublichen Professionalität ausgestattet, zerstörte sie eine Maschine nach der anderen. Erst als sie auf die Müll-Maden anlegen wollte, stoppte sie Beldur. »Was soll das?«, zischte sie erbost. »Das sind doch unsere Feinde.« »Nicht die Müll-Maden«, sagte er streng. »Sie sind die Hüter der Plattform.« Doch so schnell ließ sich das Mädchen von Beldur nicht einschüchtern. Böse keifte sie: »Und warum arbei-ten sie dann mit unseren Widersachern zusammen?« »Das tun sie nicht wirklich, auch wenn das die Kopfgeldjäger dachten«, klärte er sie auf. »Sie waren auch nicht an der Jagt nach euch beteiligt.« »Nun gut«, erwiderte sie bissig. »Dann will ich dir mal glauben.« Ich war gerade dabei die verletzte Schwinge von Halfdan zu begut-achten und mit einem Desinfektionsmittel zu versorgen, als sich ein Gleiter der Dualen dem Kampfplatz näherte. Obwohl nur ein profa-nes Fortbewegungsmittel, war es vom Design her ein Kunstwerk, das Seinesgleichen suchte. Doch das traf eigentlich auf fast alles zu, was diese friedfertige Rasse herstellte. Mit einer unvergleichli-chen Anmut, die mich jedes Mal auf neue in den Bann zog, entstieg Aylen dem Fahrzeug. Ihr folgten Tankred und der Historiker Boran. Trotz ihrer Größe wirkten die Dualen sehr grazil, fast zerbrechlich. Doch das täuschte, denn bedingt durch die höhere Schwerkraft ihres Heimatplaneten, verfügten sie über enorme Körperkräfte und waren unglaublich reaktionsschnell. Selbst ein Drachenmensch wie ich, hatte Schwierigkeiten einen Dualen beim sportlichen Ring-kampf auf die Matte zu legen. Würdevoll schritten Boran und Tankred auf mich zu. Das pure Gegenteil war Aylen. Ungestüm warf sie sich mir an den Hals. »Bist du beim Kampf verletzt worden«, fragte sie besorgt und musterte mich intensiv. »Mir geht es gut, aber Halfdan hat es am rechten Flügel erwischt.« Sofort eilte sie zu dem Himmelsflieger und untersuchte sachkundig seine Verletzungen. Liebevoll streichelte sie über die Schwinge meines Freundes und hauchte mit ihrer zarten Stimme. »Ich werde mich persönlich um dich kümmern, das versprechen ich dir.« Das wusste der Fürst zu schätzten, denn Aylen's heilende Hände waren auch auf Blaustern bekannt. »Deine Rettung hat heute sehr vielen Lebewesen den Tod gebracht«, sagte Tankred anstelle einer Begrüßung zu Magnus, dessen feiner Anzug einige Brand- und Blutspuren aufwies. Bevor der Angesprochene den Mund aufmachen konnte keuchte Ben mit rasselndem Atem: »Das waren Verbrecher der übelsten Sorte für die das morden zum täglichen Geschäft gehörte.« »Dann hatte sie ja den gleichen Beruf wie Magnus«, konterte Aylen's Vater sarkastisch. »Warum sollte sein Leben mehr Wert sein, als das der Kopfgeldjäger?« »Du kennst die Antwort«, sagte Boran der dicht hinter Tankred stand. »Ohne seine Hilfe, können wir unseren Botschafter nicht retten.« Doch der Zweifel von Aylen's Vater war nicht so leicht zu erschüttern. Mit eisiger Stimme intervenierte er: »Vielleicht ist der Preis dafür zu hoch, und wer weiß ob er uns wirklich helfen kann.« Magnus blieb von dem Gesagten unbeeindruckt. Ein leichtes Lächeln überzog sein Gesicht, als er mit verschwörerischem Tonfall versprach: »Macht euch darum keine Sorgen. Wir können sogar noch viel mehr, wenn es sein muss. Doch ist jetzt nicht die richtige Zeit, um sich gegenseitig mit Vorwürfen zu bombardieren. »Da stimme ich ihm zu«, sagte Aylen und begrüßte den ehemaligen Imperiumssoldaten mit einem Kuss auf die Wange. »Lasst die Müll-Maden das Schlachtfeld aufräumen und in die Basis zurückkehren.« »Wie kannst du nur übersehen, was gerade hier passiert ist«, fragte sie ihr Vater vorwurfsvoll. »Wie oft habe wir nur zugeschaut, wenn das Imperium ganze Völker ausgelöscht hat«, kam die Gegenfrage. »Wir sind auch nicht soviel besser als die anderen, nur weil wir keine Waffen in die Hand nehmen.« »Was könnt ihr noch?«, wandte sich der Historiker neugierig an Magnus.

Den kleinen Streit zwischen Tankred und seiner Tochter hatte er schlichtweg ignoriert. »Mehr als ihr denkt, aber zuerst müsst ihr meinen Freund Ben helfen.« »Wäre schön, wenn ihr mich wieder instand setzten könntet«, keuchte er, »denn ich würde einem Bonzen gerne Mal richtig in den Arsch treten.« »Willst du Verrat am Imperium begehen«, schrie Thora plötzlich und warf dabei meinem alten Kameraden einen vernichtenden Blick zu. »Genau das will ich«, bestätige er ihre Vermutung. »Sie haben mich verraten und verkauft. Jetzt möchte ich mich dafür revanchieren.« »Das wirst du nicht tun, du verdammter Krüppel, denn vorher werde ich dich ins Jenseits befördern.« Blitzschnell zog sie einen Strahler aus ihrer Tasche und hielt die tödliche Waffe an Ben's Kopf. Damit hatte keiner von uns gerechnet. Traurig schaute er ihr in die Augen und murmelte: »Wenn du meinem jämmerlichen Leben ein Ende setzen willst – bitteschön. Der Tod ist für mich ohnehin eine Erlösung.« Thoras Hände zitterten als sie den Strahler langsam senkte. Man konnte sehen wie es in ihr arbeitete. Ich wusste von ihr nur, dass sie von Terra stammte und von Magnus aus einem Freudenhaus befreit worden war. »Was mach ich nur«, wisperte sie verwirrt und begann zu schluchzen. »Ben ist doch ein Freund, warum sollte ich ihn töten.« »Ich bin dir nicht böse«, sagte Hybrid sanft zu ihr, während sein Atem immer schwerer ging. »Man hatte auch mich geistig vergewaltigt und es dauerte Jahre um alles zu verarbeiten.« »Es wäre gut, wenn man Ben so schnell wie möglich medizinisch versorgen würde«, wandte Magnus hastig ein. »Seine inneren Organe fangen an zu versagen.« Jetzt zeigte die Dualen, dass sie sehr schnell handeln konnten, wenn es darauf ankam. Tankred und Boran schnappten sich wortlos den Hybriden und trugen ihn zum Gleiter. Das hohe Gewicht seines technischen Unterbaus beeindruckte die Männer dabei nicht im geringsten. Aylen entnahm aus einem Notfallkoffer ein kleines Diagnosegerät und untersuchte den armen Kerl mit erstaunlicher Fachkenntnis. Magnus folgte ihnen mit Thora an der Hand und verabschiedete sich von mir mit einem kleine Kopfnicken. Als auch sie eingestiegen waren, hob das Fahrzeug sachte ab und schoss dann mit atemberaubender Geschwindigkeit davon. Ich stieg von Halfdan herab, um mich mit den Müll-Maden zu besprechen. »Ich grüße dich Zurrack«, rief ich schon von weitem. »Wie ich sehe ist deine Sippe vollständig anwesend.« »Es ist schön dich zu sehen«, sagte der Sippenführer, der an einem Muster auf seiner Brust zu erkennen war. Freundschaftlich drückte ich mich an das große Wesen und Zurrack erwiderte die Geste indem er mich mit seinen oberen Greifarmen umfasste. Die Bewohner von Starcity ekelten sich vor ihnen und straften sie mit Verachtung. Doch ohne diese zutiefst friedfertigen und liebenswerten Kreaturen, würden die technischen Anlagen der Plattform längst nicht mehr funktionieren und die Stadt wäre in ihrem Müll erstickt. »Ed Torres wird nicht glücklich darüber sein, so viele Leute verloren zu haben«, stellte Zurrack nicht ohne eine gewisse Schadenfreude fest. Er verachtete das fettleibige Scheusal zutiefst. »Der Weg nach oben ist hart und steinig und in der freien Wirtschaft wird nun mal mit harten Bandagen gekämpft«, grinste ich süffisant. »Seine Handlanger haben mit Sicherheit ihr Leben gerne für die Karriere ihres geliebten Chefs gegeben.« »Das tun Dumme immer«, brummte mein Gegenüber. »Doch sag mir, was erzähle ich dem hoffnungsvollen Politneuling?« »Das sie alle bei einer schweren Explosion ums Leben gekommen sind. Für ihn ist es nur wichtig, dass er sein Ziel erreicht hat. Die Kragten und Menschen, die bei der Aktion gestorben sind, bedeuten ihm nichts. Für einen Unternehmer seines Schlages findet sich genug Humankapital auf der Straße.« »Leider hast du Recht«, sagte Zurrack mit einem Anflug von Bitterkeit. »Zum Glück hält er uns Müll-Maden für unfähig zu lügen. Er vertraut uns vollkommen.« »Weil er in euch nützliche und naive Idioten sieht. Er liebt euch nicht, aber er braucht euch. Ein typischer Politiker eben.« »Damit kann ich leben«, bekannte der Ass-fresser ironisch.

Ein Plan wird geboren

Eine halbe Stunde später kehrte ich mit Halfdan in die Basis zurück wo uns schon Aylen erwartete, um die Schwinge des Fürsten zu versorgen. Einige Keramikkugeln hatten üble Löcher in das filigrane Gewebe gerissen. Dem Maschinenmenschen ging es leider sehr schlecht. Sein Leben hing sprichwörtlich an einem seidenen

Faden. Die Klinikärzte versetzten ihn sofort in ein künstliches Koma und entfernten alle mechanischen Teile von seinem Torso. Bedingt durch die Flucht, hatte er seinen Regenerationszyklus nicht einhalten können. Deswegen litt er jetzt an einer schweren Vergiftung, dem sein ohnehin stark malträtierter Restkörper nichts mehr entgegensetzten konnte. Auch die hoch entwickelte Medizin meiner Freunde stieß da an ihre Grenzen. Wir konnten nur noch auf ein Wunder hoffen. Aylen hatte gerade die Behandlung von Halfdans Flügel beendet, als ihre Mutter, begleitet von Magnus und Thora. den Raum betrat. Wie immer schwebte sie mit einer unnachahmlichen Würde in unser hausgroßes Gemach und hob huldvoll die rechte Hand zum Gruß. Mich konnte die Dame mit ihrem Gebaren nicht beeindrucken – das wusste sie auch – dennoch verband uns eine tiefe und innige Freundschaft, die vom gegenseitigen Respekt geprägt war. »Welch eine große Ehre, euch in unserer bescheidenen Hütte begrüßen zu dürfen«, hauchte ich untertänig und machte dabei einen altertümlichen Kratzfuss. Sie machte das Spiel mit. »Erhebt euch Herr Ritter, ihr gute Arbeit geleistet und dürft zum Dank an der Tafel euerer Herrin speisen.« Wir hatten voll ins Schwarze getroffen, den Magnus viel die Kinnlade herunter und die Kleine an seiner Seite verharrte voller Ehrfurcht auf der Stelle. »Ich wollte schon immer einen Imperiumssoldaten ins Bockshorn jagen«, lachte ich vergnügt. Auch Alva und Halfdan amüsierten sich köstlich. Bei letzterem erkannte ich das an seinen hochgezogenen Lefzen. »Mann könnte meinen, dein Tier versteht den Spaß«, meinte Magnus vergnügt und deutete belustig auf den Fürsten. Sofort verstummten alle im Raum. Der Himmelsflieger stellte sich in voller Größe auf und röhrte: »Was hat dieser Wurm gesagt?« Magnus erbleicht und hob abwehrend die Hände. »Woher soll ich wissen das er sprechen kann.« »Du hast soeben einen hohen Repräsentanten von Blaustern beleidigt«, offenbarte ihm Alva und wirkte dabei vollkommen entrüstet. »Jetzt liegt dein Leben in seinen Händen.« Aber mit Magnus hatten wir es nicht mit einem klassischen Hosenscheißer zu tun, den man so leicht verulken konnte. Der in vielen Kämpfen gestählte Krieger, war dem Tod schon sehr oft von der Schippe gesprungen und würde wohl auch dem Teufel ins Gesicht lachen, sollte er ihm begegnen. Wütend blaffte er zurück: »Wenn sich der Große von mir angepisst fühlt, soll er mir das gefälligst selbst sagen, oder fehlen ihm die Eier dazu?« Halfdan lachte wie nur Drachen lachen können. Er mochte Leute, die auch im Angesicht des Todes nicht ihren Stolz verloren und bis zum letzten Atemzug kämpften. »Du gefällst mir, Kleiner«, sagte er mit seiner alles durchdringender Stimme. »Sogar die Bonzen konnten aus dir keinen Arschkriecher machen.« Alva räusperte sich entsetzt. »Fürst, eine solche Wortwahl hätte ich euch nicht zugetraut. »Verzeiht mir, meine Liebe. Diesen rüden Umgangston habe ich wohl von meinen Kindern aufgeschnappt.« Dabei schaute er vorwurfsvoll in meine Richtung, woraufhin ich schuldbewusst den Kopf senkte. Ich kannte das Spiel und wusste was er von mir erwartete. »Dann wäre das ja geregelte«, beliebte Alva zu scherzen. »Doch eigentlich bin ich gekommen weil Magnus eine Bitte an euch hat.« »Ich bin ganz Ohr«, grunzte Halfdan wohlwollend. »Es geht um meine Schwester«, murmelte Magnus verlegen. »Sie wurde als Sklavin verkauft. Ein solches Schicksal hat sie nicht verdient und deshalb möchte ich sie befreien.« »Niemand hat ein solches Schicksal verdient«, stellte ich ungerührt fest. »Aber was noch wichtiger ist, hast du irgendwelche Anhaltspunkt wo sie sein könnte?« »Ja, die habe ich. Sie ist auf Vatikan II.« Für einige Sekunden herrschte eine atemlose Stille im Raum. Die Zentralwelt der Katholiken war mit Minen und Raumforts gesichert. Des Weiteren verfügten sie nach dem Imperium über die schlagkräftige Kriegsflotte. Auf dem Planeten selbst wimmelte es nur so von Sicherheitskräften, die jeden Fremden misstrauisch beäugten und unter die Lupe nahmen.« »Der Versuch deine Schwester zu befreien, wäre reiner Selbstmord«, versuchte ich ihm zu erklären. »Wir wissen ja nicht einmal, wo genau sie sich auf Vatikan II aufhält.« Etwas schüchtern meldete sich Thora zu Wort: »Doch, das wissen wir. Im Zentralgefängnis von Roma.« »Das wird ja immer schlimmer«, regte ich mich auf. »Die Hauptstadt des katholischen Reiches und der Sitz des Pontifex Maximus. Was hat den das Mädchen verbrochen?« Meine Frage verwunderte sie. Es war ihr deutlich anzusehen. Kopfschüttelnd klärte sie mich auf: »Sie rote Haare und grüne Augen.« »Beim stinkenden Kadaver des Morlak-Ka«, fluchte Halfdan lautstark dazwischen. »In zwanzig Tagen beginnen auf Vatikan II die Flammenden Festtage.« »Leider weiß ich immer noch nicht, um was es geht«, schimpfte ich aufgebracht. »Ich kenne nicht jeden verdammten Feiertag dieser Verrückten.« »Die Flammenden Festtage werden zu Ehren des Heiligen Henricus Institoris abgehalten«, erklärte Alva sachlich. »Von ihm stammt ein ziemlich scheußliches Buch mit dem Titel „Malleus Malificarum", bekannt auch als der Hexenhammer. Dieser Mann, ein Dominikaner mit dem bürgerlichen Namen Heinrich Kramer, veröffentlichte diesen Schund im Jahre 1487 christlicher Zeitrechnung. Mit vermeintlich wissenschaftlichen Argumenten, enthielt es ausführlichen Instruktionen für die Hexenverfolgung und etablierte sich als Gebrauchswerk für Hexenrichter.« »Das hört sich nicht gut an«, schlussfolgerte ich mit ernster Miene. In Alvas Stimmte erklang ein grimmiger Unterton als sie sagte: »Es kommt noch schlimmer. An den Festtagen werden jedes Jahr hunderte von Jungfrauen, die angeblich vom Satan besessen sind, auf den öffentlichen Plätzen der Hauptstadt verbrannt.« »Das ist doch Wahnsinn«, entfuhr es mir spontan. »Warum verhindert niemand diesen staatlich sanktionierten Massenmord.« »Dafür gibt es mehrere Gründe«, spottete sie sarkastisch. »Einer ist sicherlich das bigotte Gesellschaftssystem auf den katholischen Welten. Das Wort eines Priesters, geschweige denn eines Papstes, getraut sich niemand in Frage zu stellen. Wenn doch, sollte sich derjenige auf die hervorragend ausgestatteten Folterkammern in den Gewölben der Klöster gefasst machen. Ein weiterer Grund ist das viele Geld, das die Festlichkeiten dem Klerus einbringen. Die haben sich nämlich als Touristenattraktion ersten Ranges erwiesen. Im letzten Jahr waren es über zwei Millionen Besucher.« Magnus, der unserem Gespräch mit einem angewiderten Gesicht gelauscht hatte, grollte böse: »Ich bin bestimmt kein Unschuldsengel und habe in meinem Leben schon viele schlimme Dinge getan, aber weder ich noch einer meiner Kameraden hat sich je am Tod anderer Menschen ergötzt. Das ist wirklich Krank.« »Mir ist da eine Idee gekommen«, murmelte ich aufgeregt und erschrak fast, als sich die Blicke der anderen ruckartig auf mich richteten. »Alva sagte doch, dass sich zu den Festlichkeiten, eine große Anzahl Touristen auf Vatikan II einfinden. Wie wäre es, wenn wir uns daran beteiligen?« »Das wird nicht einfach sein«, dämpfte Alva meinen Optimismus. »Die Besucher müssen sich vorher anmelden und werden registriert.« »Ein lösbares Problem«, widersprach ich trocken, »dessen ungeachtet brauchen wir einen ausgeklügelten und wirklich cleveren Plan, um das Mädchen zu befreien.« Alva, die meine Obsession für waghalsige Einsätze kannte, meinte nüchtern: »Wir müssen die ganze Sache zuerst einmal im Rat besprechen, wo...« »...wo man sich dann gegen die Idee entscheidet, da sie zu riskant ist«, beendete ich ihren Satz. »Das wollte ich überhaupt nicht sagen«, ärgerte sich die Dame mit dem Bordeauxfarbenen Haar. Wir werden Magnus helfen seine Schwester zu befreien, weil er uns dann im Gegenzug hilft, unseren Botschafter zu retten.« »Traust du den Dualen immer noch nicht?«, wollte ich erstaunt von dem ehemaligen Imperiumssoldaten wissen. »Sie werden dir auch ohne Gegenleistung bei der Befreiung deiner Schwester helfen.« »Können wir euch wirklich vertrauen?«, ertönte daraufhin die helle Stimme von Thora. Sie funkelte mich zornig an. »Ich wuchs in einer wohlgeordneten Welt auf und glaubte zu wissen wer die Guten und wer die Bösen sind. »Jetzt steht meine Welt auf dem Kopf und ich weiß überhaupt nicht mehr was Richtig oder Falsch ist.« »Leider fehlt uns die Zeit, dich von der Ehrlichkeit unserer Absichten zu überzeugen«, intervenierte Alva sanft, »An den Taten wirst du uns messen können.« Doch so leicht ließ sich die zierliche Blonde nicht beeindruckten. »In der Schule wurde uns erzählt, dass ihr einen heimtückischen Krieg gegen Terra plantet und wir aus reiner Notwehr heraus, Juwel präventiv besetzen musste.« Die stolze Frau lächelte milde als sie entgegnete: »Das ist reine Propaganda. In jedem Märchenbuch ist mehr Wahrheit enthalten. Wir besitzen nicht einmal eine Kriegsflotte oder Vernichtungswaffen, um einen Feldzug gegen die Erde führen zu können.« »Und warum sollten die Bonzen eine friedliche Welt angreifen?« »Auf Juwel gibt es die größten Vorkommen von hochwertigen Energiekristallen in der bekannten Galaxis. Das heißt: Wer unseren Heimatplaneten kontrolliert, hält den Schlüssel zur Macht in der Milchstraße in der Hand.« »Es ist doch der Wille des Allvaters, dass die Propheten seinen Willen im gesamten Universum verkünden. So steht es jedenfalls im „Buch der Wahrheit" geschrieben.« »Mein armes Kind«, flüsterte die große Dame mitfühlend. »Nicht alles was niedergeschrieben wurde, entspricht auch der Wahrheit. Dieses scheue Wesen ist manchmal nur zwischen den Zeilen zu erkennen. Aber du bist noch jung und es besteht die Hoffnung, dass du lernst, dir eine eigene Meinung zu bilden.« Besteht für mich keine Hoffnung mehr?«, wollte Magnus scherzend wissen. Alva schaute ihn mit ihren unergründlichen Augen durchdringend an und raunte leise: »Das wird uns die Zeit zeigen.«

Das Blut des Drachen

Zwei Tage später durfte Magnus seinen Freund Ben in der Klinik besuchen. Ich begleitete ihn, da er mich zu schätzen schien. Die Dualen waren ihm, bis auf Boran und Aylen, immer noch suspekt. Seiner Meinung nach verbargen sie vor uns ein großes Geheimnis, dass er aber noch zu lüften gedachte. Ich hätte mich fast verschluckt, als er mir das bei einem Glas Wein offenbarte. Trotz seines überragenden Intellekts, konnte er im Imperium nur bedingt Karriere machen. Im Reich der Bonzen zählte die Zugehörigkeit zu einer Kaste mehr, als Können und Talent. Alleine sein Aufstieg vom Untermenschen in die Kaste der Menschen, war eine sensationelle Leistung. Nach Beendigung seiner Dienstzeit, wollte er eigentlich an einer Militärakademie unterrichten und eine Familie zu gründen - vorausgesetzt die entsprechende Behörde hätte ihm die Genehmigung dafür erteilt. Berufssoldaten der kämpfenden Truppen – so erzählte er mir - waren feste Beziehungen grundsätzlich verboten. Um den Geschlechtstrieb der Soldaten zu befriedigen, wurden ihnen in regelmäßigen Abständen billige Huren zugeführt. Eine Liebesbeziehung konnte dabei nicht entstehen. Ich erzählte ihm von Blaustern und der symbiotischen Verbindung von Menschen und Drachen auf meiner Heimaltwelt. Fasziniert lauschte er meinen Erzählungen und stellte mir dazwischen allerlei kuriose Fragen, die ich redlich bemüht war zu beantworten. Je näher ich ihn kannte, umso mehr bedauerte ich ihn. Die Schule, in die er gegangen war, kannte nur ein System – Darwin pur. Jetzt erst begriff ich in aller Deutlichkeit, welches Verbrechen die Bonzen, den Mitgliedern der unteren Kasten angetan hatten. Geistig waren sie so stark manipuliert worden, dass es ihnen kaum möglich war, kritische Gedanken zu entwickeln. Im Grunde genommen war es ein Wunder, das Magnus überhaupt mit uns redete. Ein freies und Selbstbestimmtes Leben war nur einer kleinen Elite innerhalb des Imperiums gestattet, die große Mehrheit aber, lebte ohne Bürgerrechte - sie waren De facto Sklaven. Nur in diesem Kontext war zu verstehen, warum in der Vorstellungswelt von Magnus eine klassenlose Gesellschaft nicht vorkam. Da hatte das staatliche Bildungssystem ganze Arbeit geleistet. Für ihn war die Vorstellung befremdlich, dass unser Volk seine Repräsentanten selbst zu wählte. Herrscher, so hatte er gelernt, konnten nur vom himmlischen Allvater eingesetzt werden. Das ich seine Existenz bezweifelte war für ihn ein Sakrileg. Auf so viel politische Inkompetenz war Papas ältester Sohn nicht vorbereitet. Aber der Kerl lernte verdammt schnell. Im Laufe der Zeit, da war ich mir sicher, würde sich sein Weltbild zu ungunsten einiger Herren auf Terra ändern. Doch zuvor – auch dass leider eine unbestreitbare Tatsache – mussten ich und noch einige andere jede Menge Überzeugungsarbeit leisten. Dummerweise war ich derjenige, der aktuell die Hauptlast zu tragen hatte. Die Schuld daran trugen Halfdan und Boran, die einem schwachen Moment von mir ausnutzten und mir dank ihrer Überredungskunst, den Auftrag aufs Auge drückten. Aus einem mir nicht nachzuvollziehenden Grund, hatten die Beiden einen Narren an dem Kampfflieger gefressen. Die Triebfeder in diesem Spiel war wohl Boran der Historiker. In der Exilregierung der Dualen, gehörte er mit zu den so genannten Hardlinern. Halfdan, der als Fürst der Himmelsflieger, großen Einfluss auf Blaustern und genoss, unterstützte diese Gruppierung. Ben war bei Bewusstsein, als wir den Raum betraten. Modernste Maschinen ersetzten fehlende Organe und überwachten ständig seinen Gesundheitszustand. Es war bisher noch nicht gelungen seine Körper vollständig zu entgiften. Das, was von ihm übrig war, befand sich in einem Regenerationsbad. Nur der Kopf ragte aus der Flüssigkeit. »Wie geht es dir, alter Freund«, begrüßte ihn Magnus. Beim Anblick seines Freundes konnte er nur mit Mühe seine Erschütterung verbergen. »Irgendwie nicht ganz vollständig«, erwiderte Ben grinsend. Seine zerstörte Gesichtshälfte war von einer hautfarbenen Plasmaschicht bedeckt. »Aber ich bin zum ersten Mal seit fast zehn Jahren schmerzfrei, darauf müssen wir unbedingt anstoßen.« »Das werden wir, wenn du wieder fitt bist.« »Du brauchst mir nichts vorzumachen, Magnus. Ich weiß, wie es um mich steht. In zwei oder spätestens drei Tagen bin ich Geschichte.« »Das ist doch die reinste Ironie«, klagte der Kampfpilot verbittert. »Jetzt, wo du dich endlich am Imperium rächen könntest, musst du sterben.« »Ich fürchte mich nicht vor dem Tod«, wisperte Ben schwach. »Es ist nur Schade, dass damit auch mein gesamtes Wissen verloren geht.« »Was meint er damit«, fragte ich Magnus interessiert. »War er etwa ein Geheimnisträger?« »So könnte man es vereinfacht nennen«, entgegnete er verwundert. »Eigentlich ist er nur ein einfacher Informatiker. Da er sehr gut war – nicht umsonst nannten wir ihn „Ben das Genie" – arbeitete er auch für die Admiralität.« »Dann hatte er bestimmt Zugang zu Geheimdienstakten«, vermutete ich. »Du sagst es. Doch da gibt es noch ein Geheimnis von ihm. Der Kerl hat – und das wissen nur wenige – ein photographisches Gedächtnis. Sein Kopf beherbergt eine Unzahl Daten und Fakten, mit denen man dem Imperium große Schwierigkeiten bereiten kann.« Das waren Neuigkeiten, die mich in Aufregung versetzten. Ein solches Wissen, wäre von großem Nutzen, um gezielte militärische Aktionen zu planen. In diesem Augenblick, näherte sich der Chefarzt der Klinik dem Krankenbett mit gedämpften Schritten. Wortlos überprüfte er die vielen Kabel und Schläuche an denen Ben hing. »Dieser Mann könnte uns beim Kampf gegen das Imperium sehr nützlich sein«, murmelte ich kaum hörbar. »Wenn er doch nur überleben könnte.« Wie beiläufig sagte da der Arzt: »Es gibt vielleicht eine Möglichkeit ihm das Leben zu retten.« Ruckartig drehte ich meinen Kopf zu ihm. »Und welche wäre das?« »Drachenblut!« Entsetzt starrte ich ihn an und flüsterte belegt: »Das ist unmöglich.« »Warum ist das unmöglich«, fragte mich Magnus überrascht. »Es müsste doch auch in Halfdans Interesse sein, Ben zu helfen.« »Du verstehst das nicht«, begann ich zaghaft zu erklären. »Ähnlich wie die Milch von Drachenkühen, hat auch Drachenblut eine heilende Wirkung bei Menschen. Aber das ist nicht alles. Wenn man dir nur einen Tropfen dieses Blutes injiziert, beginnt es dich zu

verändern.« »Verwandele ich mich dann etwa in einen Drachen mit
Flügel und Rückenpanzer?« »Mach keine Witze«, mahnte ich ihn.
»Trotzdem steckt ein Fünkchen Wahrheit in deiner Vermutung. Zu
einem sehr, sehr kleinen Teil wird der Mensch zu einem Drachen.«
»Ist die Veränderung äußerlich sehr stark zu sehen?« »Nicht unbedingt«, wiegelte ich ab. »Aber es besteht dann ein verwandtschaftli-
ches Verhältnis zwischen dem Himmelsflieger und dem Menschen.
Deshalb ist ein solcher Akt für einen Drachen von großer Bedeutung und Halfdan ist ein Fürst unter ihnen.« Ich konnte sehen wie
Magnus schlucken musste. Damit hatte er nicht gerechnet. Traurig
raunte er: »Dann hat Ben keine Überlebenschance.« »Ich werde
mit Halfdan reden«, versuchte ich ihn zu trösten. »Vielleicht macht
er eine Ausnahme.« »Oder er wird stinksauer«, grinste Ben verlegen. Eine halbe Stunde später standen wir Halfdan gegenüber. Er
hatte gerade eine ausgewachsenen Drehhornochsen verspeist und
lag friedlich grunzend auf einem Teppich. Als ich mit meiner Begrüßung ansetzten wollte, hob der Fürst warnend ein Tatze und rülps-
te erst einmal ausgiebig. Da ich ihn kannte, steckte ich mir sicherheitshalber die Zeigefinger in die Ohren. Magnus dagegen, wurde
von dem infernalischen Röhren überrascht und erstarrte zur bibli-
schen Salzsäule. Ich hatte vergessen, ihn über diese Marotten des
Himmelsfliegers aufzuklären. Nach dem Essen achte Halfdan immer ein „Bäuerchen“, dann erst durfte man ihn ansprechen. Diesmal hatte ich es – ganz in Gedanken vertieft – glatt vergessen.
»Das nächste mal warnst du mich vorher«, beschwerte sich Magnus. »Da kriegt man ja einen Gehörsturz.« »Tut mir leid«, murmelte ich entschuldigend. »Für mich ist das ganz normal.« »Jetzt noch
ein Schluck Met und ich bin glücklich«, grunzte der Halfdan und
nahm sich ein zweihundert Liter Fass zur Brust. »Mein Freund liegt
im Sterben«, begann Magnus ohne Begrüßung das Gespräch. »Ich
wollte dich fragen, ob du ihm helfen kannst.« Ich hielt den Atem an
und achtete auf die Reaktion des Fürsten. Sachte stellte er das
Fass auf den Boden und schaute mit seinen unergründlichen Augen auf den ehemaligen Soldaten des Imperiums. Der Kerl hatte
wirklich Mut. »Wie kommst du auf die Idee, dass ich deinem
Freund helfen kann?« »Drachenblut«, wisperte Magnus fast unhör-

bar. Atemlose Stille beherrschte plötzlich den Raum und mir war, als ob sich die Temperatur kurzfristig herabsenkte. Ich wagte mich kaum zu bewegen, um nicht die Aufmerksamkeit des Fürsten auf mich zu lenken. Hoffentlich rastete Halfdan jetzt nicht aus. Auf Blaustern hielt sich kein Mensch – wenn er noch bei Sinnen war – in der Nähe eines wütenden Drachen auf. Trotz ihrer unbestritten hohen Intelligenz und Friedfertigkeit, gab es einige Dinge, auf die sie recht ungehalten reagierten. Schon als kleine Kinder lernten wir, störe nie einen Himmelsflieger wenn er seinen Schönheitsschlaf hält. Eine blutige Schlacht oder ein Nachmittag mit der Ehefrau, kurz vor ihren Tagen, waren im Vergleich dazu paradiesisch. »Warum kommt ihr mit dieser Bitte erst jetzt zu mir?«, fragte er uns vorwurfsvoll. »Er ist ein wichtiger Mann, den wir in unserm Kampf gegen das Imperium unbedingt benötigen.« Ich schnappte nach Luft und schimpfte aufgebracht: »Du weist ganz genau warum wir dich noch nicht gefragt haben. Die Himmelsflieger sind sehr empfindlich, wenn es um ihr Blut geht. Ich hatte mir eben fast in die Hosen gemacht.« »Würdest du mich als launig bezeichnen?«, fragte er unschuldig. »Exzentrisch trifft es wohl eher«, grollte ich und drohte ihm mit dem Zeigefinger. »Ich werden Ben Blut von mir geben«, sagte er würdevoll, »aber nur unter einer Bedingung.« »Egal was es ist, ich mache alles«, bot sich Magnus an, der wohl an irgendeine Mutprobe dachte. »Du musst auch Blut von mir nehmen.« Sprachlos starrten wir das große Wesen mit offenen Mündern an. Er schien diesen Anblick zu genießen, denn seine Lefzen verzogen sich zu einem spöttischen Grinsen. »Das ist wieder einmal typisch für einen Himmelsflieger«, empörte ich mich. »Immer wenn du glaubst einen Drachen zu kennen, überrascht er dich mit einer neuen Seite seiner Persönlichkeit.« »Aber ich bin doch Kerngesund«, wandte Magnus mit leichter Verwunderung ein. »Es gibt also keinen Grund warum ich mir Drachenblut injizieren sollte.« »Da irrst du dich aber gewaltig, mein Freund«, widersprach ich heftig. »Deine heiß geliebten Propheten würden sogar ihren Allvater für diesen Stoff verkaufen.« Entsetzt zuckte Magnus zusammen. Ich hatte schon wieder vergessen, wie tief seine religiösen Gefühle noch waren. Auf die von mir geäußerte Gotteslästerung, stand im Imperium die Todesstrafe. »Ihr glaubt nicht an den großen Allvater und sein „Buch der Wahrheit".« Sein Gesicht drückte großes Unbehagen aus. Ich war gewillt sachlich zu bleiben, hatte aber keine Lust das Thema weiter zu vertiefen, da es mich tierisch nervte. Mürrisch sagte ich daher: »Religiöse Schriften beinhalten immer Regeln und Gebote, die den freien Willen einengen. Auf Blaustern hatten wir in den letzten zweitausend Jahren leider keine Zeit uns einen Götzen zu anzuschaffen, um ihm demütig in den Hintern zu kriechen.« »Aber irgend eine höhere Macht muss doch das „Buch der Wahrheit" geschrieben haben.« »Wütend blaffte ich: »Dieses üble Machwerk wurde von Menschen geschrieben und dient einzig und allein der Volksverdummung. Wenn du mehr darüber erfahren willst, frag die Dualen. Sie besitzen Archive, in denen alles Wissenswerte über deine Lieblingslektüre steht.« Mit gesenktem Haupt verließ er den Raum. Ich hatte ihn nicht beleidigen wollen, aber als Therapeut war ich denkbar ungeeignet.

Neue Einsichten

Nachdem Magnus gegangen war, führten Halfdan und ich noch ein langes und ausführliches Gespräch. Unter anderem, erläuterte er mir, warum er den beiden Ex-Soldaten sein Blut geben wollte. Aber das war nicht unser einziges Thema. Immer wieder kreuzten an der Peripherie unseres Sternenreiches Raumschiffe des Imperiums und der Islamischen Föderation auf. Meist waren sie auf der Suche nach besiedelbaren Welten oder Planeten deren Rohstoffe sie plündern konnten. Bisher war es uns immer gelungen sie zu zerstören, wenn sie unserem Territorium zu nahe kamen. Das war aber keine dauerhafte Lösung, da die Islamische Föderation und das Imperium expandierten und sie in Zukunft zwangläufig in unsere Richtung vorstoßen mussten. Irgendwann würden sie größere Flottenverbände losschicken, um das vermeintliche „Bermudadreieck" genauer zu untersuchen. Obwohl wir über eine ausgezeichnete Flotte verfügten und unsere Raumjäger denen des Imperiums weit überlegen waren, konnten wir uns keinen offenen Konflikt mit ihnen leisten. Wir waren einfach zu wenige. Natürlich war die Islamische Förderation innerlich heillos zerstritten, aber wenn zu einem Krieg gegen Ungläubige aufgerufen wurde, standen Schiiten und Sunniten zusammen wie ein Mann. Dann wurden mit Begeisterung die Messer geschliffen, um damit die Gottlosen zu schlachten. Was aber noch schlimmer war - sie besaßen Bündnisverträge mit dem Imperium und der Katholischen Liga. »Magnus und Ben sind gute Leute, auch wenn sie im falschen System aufgewachsen sind«, murmelte Halfdan, um meine Ohren zu schonen. »Mit dem Wissen, was die Beiden besitzen, können wir den Bonzen großen Schaden zufügen.« »Bis vor kurzem hätte ich es nicht für möglich gehalten, einen Soldaten des Imperiums für unsere Sache zu gewinnen«, gab ich zu. »Das Schicksal hat uns zwei überragende Spezialisten in die Hände gespielt. Dafür sollten wir dafür dankbar sein. Ben ist zudem ein Sonderfall. Er hasst die Propheten, weil sie ihm übel mitgespielt haben. »Was ist mit Thora?« »Sie ist ein kluges Mädchen. Aylen kümmert sich um sie.« Mein Gesicht überzog ein süffisantes Grinsen als ich anmerkte: »Ich glaube Magnus ist in sie verliebt.« »Warum auch nicht. Sie ist ein überaus attraktives Wesen«, lachte der Fürst. »Das stimmt. Ich hoffe nur, das sie bald ihre Ansichten ändert.« »Mach dir darum keine Sorgen. Sie ist sehr intelligent, noch jung und schon jetzt begeistert von den Dualen.«»Aber da ist noch etwas, über das du mit mir reden willst.« Der Drachenfürst nickte mit seinem riesigen Schädel. »Wir haben lange genug eine defensive Strategie verfolgt. Das hat auch eine ganze Weile gut funktioniert, führt uns jetzt aber in eine Sackgasse. Um aber gegen das Imperium erfolgreich vorgehen zu können, brauchen wir dringend Verbündete mit Ausgebildeten Kriegern.« »An wen hast du da gedacht?« »Die Vereinigten Freibeuter.« Ich musste schluckten. Das waren hartgesottene Frauen und Männer, die sich keinem unterordneten. Sie überfielen Schiffe des Imperiums, der Islamischen Förderration und der Katholischen Liga und veräußerten ihre Beute auf den Freien Welten im galaktischen Outback.« »Warum sollten die sich mit uns Verbünden?«, fragte ich den Himmelsflieger zweifelnd. »Weil auch sie dem Untergang geweiht sind, wenn sich das Imperium weiter ausdehnt.« »Die Bonzen haben doch bisher, ihre Finger von den Freien Welten im Outback gelassen«, bemerkte ich zweifelnd. »Liest du keine Geheimdienstberichte?«, wunderte sich der Fürst verärgert. »Das Imperium hat in den letzten Jahren gezielt Flottenstützpunkte in der dünn besiedelten Grenzregion eingerichtet. Das sind im Falle einer Invasion wichtige Nachschubbasen.« »Offiziell hieß es doch, sie seien eingerichtet worden, um der Piratenplage Herr zu werden.«»Dazu würden kleinere Stützpunkte auch ausreichen, aber die neuen Militärbasen wurden zu riesigen Festungen ausgebaut. Die laufenden Kosten sind enorm und rechnen sich nur, wenn man Eroberungen plant.« Niedergeschlagen gab ich zu: »So hatte ich das nicht gesehen.« »Du bist als Krieger unvergleichlich, aber als Politiker wärst du ein kompletter Versager.« »Wieso?« »Weil du ehrlich und auch ein bisschen naiv bist«, kicherte er. »Als Politiker, wie auch als erfolgreicher Banker oder Anwalt, musst du Skrupellos sein. Werte wie Anstand und Moral sind dabei nur hinderlich.« »Diese Berufsgruppen sind auf Blaustern unbekannt«, belehrte ich den geflügelten Gesellen. »Zum Glück sind sie das. Trotzdem solle dir klar sein, wenn wir in dem Konflikt bestehen wollen, müssen wir wissen wie der Feinde tickt.« »Aber wir dürfen uns nicht auf das Niveau unseres Gegners herunterziehen lassen.« Frech konterte er: »Du hast meine Gedanken in Worte gefasst.« Nach einer kurzen Schlafperiode und einem ausgiebigen Frühstück, fand ich mich wieder bei Halfdan ein. Ben und Magnus sollten heute Blut von dem Drachenfürsten erhalten. Diese Handlung, war von großer Bedeutung für den Himmelsflieger, da die Beiden durch die Zeremonie in seine Familie aufgenommen wurden. Sämtliche Drachenmenschen und die führenden Vertreter der Dualen waren anwesend. Natürlich wohnten auch Aylen und Thora der besonderen Zeremonie bei. Magnus machte einen gedrückten Eindruck und wirkte übermüdet. Von Tankred erfuhr ich, dass er sich die ganze Nacht über Dokumentationen aus der Anfangszeit des Imperiums angesehen hatte. Er hatte die Wahrheit über Alexander Menschikow erfahren, den erste Propheten des Imperiums. In den Geschichtsbüchern von Terra wurde er als ein unfehlbarer Heiliger und Visionär beschrieben, für den große Tempel errichtet wurden und der als Gründervater des Imperiums galt. Magnus hatte schlichtweg die Tatsache schockiert, das der große Prophet, ein normaler Mensch gewesen war, der exzessive Partys liebte, seine Geliebten wie die Unterhosen wechselte und mit seinem Reichtum protzte. »Wie geht es dir, Magnus«, fragte ich besorgt. Mit einem schiefen Grinsen meinte er: »Wie jemand der aus einem langen Albtraum erwacht ist.« »Für dich beginnt jetzt ein neues Leben. Was du daraus machst, musst du selbst entscheiden.« »Mir blieben noch zweiundzwanzig Jahre«, überlegte er laut. »Entweder gründe ich eine Familie oder ich bekämpfe mit euch das Imperium.« »Wie kommst du auf die zweiundzwanzig Jahre?«, fragte ich ihn erstaunt. »Ganz einfach. Ich bin jetzt achtunddreißig Jahre alt und die Menschen meiner Kaste haben eine durchschnittliche Lebenserwartung von sechzig Jahren.« Aylen, die uns zugehört hatte, klärte mich auf. »Ihre DNA wurde gezielt verändert, um die Lebenserwartung zu verkürzen.« »Was ist eine DNA?«, fragte Magnus Aylen verwirrt. »DNA ist eine Abkürzung für Desoxyribonukleinsäure. Es ist ein Biomolekül, das in allen Lebewesen vorkommt. Dabei handelt es sich um ein langes fadenförmiges Molekül mit der räumlichen Struktur einer schraubenförmigen Doppelhelix. Als Grundgerüst dient eine Kette aus sich wiederholenden Zucker – Phosphat –Gruppen, mit variable Seitenketten, den so genannten Basen.« »So genau wollte ich es nicht wissen«, stöhnte der arme Kerl »Ich habe wie jeder Soldat nur eine Erste-Hilfe Ausbildung erhalten. Metallurgie und Physik sind eher meine Fächer.«»Jetzt schwindelst du aber«, stellte ich lächelnd fest. »Natürlich habe ich anatomische Grundkenntnisse. Als Soldat bist du verpflichtet deinen Körper optimal zu trainieren, daher kenne ich jeden meiner Muskeln mit Vornamen. Für den Nahkampf musst du alles Wissenswerte über das Nervensystem und die inneren Organe lernen. Die Bonzen habe uns sehr gründlich zu effektiven Mordmaschinen ausbilden lassen.« »Das ist ja gruselig«, quietschte Aylen angewidert. »Nun übertreib aber nicht«, sagte ich streng. »Du wurdest ja auch in verschiedenen Nahkampfarten ausgebildet.« »Ja, aber nicht um einen Menschen zu töten«, schimpfte sie trotzig. Da unterbrach uns eine unerwartete Wortmeldung von Magnus. »Ich will eueren Streit ja nicht stören, aber gibt es eine Möglichkeit die DNA-Manipulation rückgängig zu machen?« Aylen schaute ihn mit großen Augen an. »Haben dir die Ärzte nicht erzählt, das die Manipulation rückgängig gemacht wurde?« »Mit mir hat keine darüber geredet«, schmollte er. »Sei ihnen deshalb bitte nicht böse«, flötete sie mit engelsgleicher Stimme. »Du bist jetzt kerngesund und kannst einhundertzwanzig Jahre alt werden.« »Das ist nicht richtig«, korrigierte ich sie. »Sobald das Drachenblutes in ihm wirksam wird, hat er eine Lebenserwartung von einhundertsechzig Jahren.« »Das eröffnet mir ja ganz neue Perspektiven«, freute sich Magnus aufrichtig. »Aber wie sieht es mit Thora aus?« »Was soll mit Thora sein?«, stellte ich ihm die Gegenfrage. »Sie sollte auch die Chance erhalten älter als sechzig Jahre zu werden.« »Das muss sie selbst entscheiden, Magnus. Wir können sie zu nichts zwingen.« »Wenigstens wird hier meine Meinung respektiert«, hörte ich plötzlich die Stimme von Thora hinter mir. Ich drehte mich um und sah in ihrem Gesicht das sie traurig und zugleich wütende war. »Es kann doch nicht der Wille des Allvaters sein, dass uns ihre höchste Diener, die Propheten, die Lebenszeit beschneiden. Auch im Buch der Wahrheit steht nichts davon. Ich muss es wissen, denn ich kenne es auswendig.« »Aber das ist nicht der Grund, warum du deine Einstellung zu den Bonzen geändert hast«, erkannte Magnus intuitiv. »Nein, das ist er nicht«, sagte sie bekümmert. »Eigentlich bin ich total verzweifelt, weil ich alles verloren habe, an das ich glaubte. Ich habe mir in der letzten Nacht stundenlang den Kopf darüber zerbrochen, was ich tun soll. Zurückkehren kann ich nicht mehr. Man würde mich töten oder sofort wieder in die Sklaverei verkaufen. Das ist also keine Option. Wenn ich hier bleibe, muss ich mich gegen das Imperium stellen. Das wiederum, könnte interessant werden.« »Eine lobenswerte Entscheidung«, dröhnte der Drachenfürst belustigt. »Jetzt können wir mit der Zeremonie beginnen.«